死亡練習

張耀仁

the Labor of Love

目錄

小說的社會良心

黃春明

對寫序這件事，於我來說都會造成某種程度的壓力；因為我絕對不是研究文學這方面的專家，寫來沒信心。還有一種，如果是為了情面，那更痛苦，寫也不是，不寫也不是而陷入為難自己。居於這樣的原因，我是盡可能拒絕為人寫序，能免就免。

這次張耀仁先生，邀我為他的新作《死亡練習》寫序，我毫不猶豫一口就答應了。因為我知道他寫作的題材，是關心目前在臺灣的外籍的泰勞、菲律賓和印尼的女傭，還有越南新娘或是大陸新娘，以及他們所生的小孩子的種種遭遇。這個問題也是我關心的，並且正想更進一步了解之後，亦想著試寫幾篇小說；正如我先前關心原住民和老人目前在臺灣的處境，將它用戲劇和小說的形式創作出來。

張耀仁先生，他畢竟是一個擁有社會良心的人，更可貴的是，他年輕就有社會問題意識；也就是說他有認同我們的社會。其實一個人不用進學校，他就學會認同出生地、社會、族群乃至國家民族，可是看看我們今天的臺灣，物慾橫流，拜金向錢看，天生的認同卻陷入危機；國家、社會的認同幾乎不存，家庭的認同也發生問題，在社會新聞屢見家庭所發生的慘劇。整個大環境的影響形成的境教，使大多數的青年朋友的認同意識，只剩下個人意識，認同自己，而在這樣個人認同強烈的臺灣，所實行的民主怎麼不會變調？

文學作品如果只侷限於學院專業的研究，那並不是我們所需要；我們要的文學作品，是希望它能成為社會大眾，老少咸宜，雅俗共賞的素養教材，並為人類保存了生活的記憶。大家都知道，幾世紀前所謂的維京人，他們是海盜，也就是現在的瑞典、挪威、芬蘭，在歐洲的所謂列強的國家，是現在的葡萄牙、西班牙、英國法國等等殖民主義者，他們是怎麼變成今天的文明國家？當他掠奪開發中的國家的資源，剝削別人的勞力，產品反傾銷到殖民地，讓自己的國家變富有之後，在當時還沒什麼大眾傳播的時代，人民普遍閱讀文學作品，或是聆聽文學作品的朗讀，如是之故，持之有恆才慢慢地文明起來。可見文學素養之普遍是多麼重要，所以看一個作家要給讀者大眾什麼，這是看一部作品的好壞為依據的一個重點。

張耀仁在今天臺灣的文壇裡，能意識到外籍人口的遭遇，聚焦到這個社會問題，做為小說的題材，算是少數中的一位，但創作出來的量最多，質也相當令人驚艷。臺灣這個社會是由好幾個族群融合的，整個社會的結構，卻對多數族群較有利，相對的少數族群不利。例如臺灣的原住民這個少數族群，他們的經濟條件、教育條件、工作條件、醫療條件等等，樣樣都比不上其他多數族群。既得利益的大族群，有意無意地歧視他們；雖然多數族群裡面，有人不但沒歧視他們，還想盡辦法扶助他們，可是整個社會的結構不利於少數族群時，這叫做結構暴力，而相反地在比較上受到社會結構的利益較多的多數族群，裡面的每一份子，都是結構暴力的共犯，除非結構暴力已不存在。然而從上面所提的角度來看，六、七十萬在臺灣的外籍人口，他們所受到的社會結構暴力，比我們的原住民嚴重得多。至少原住民有他們的社區部落，有他們族群的，自主的工作和生活的空間。這些外籍人口，說是六、七十萬，可是幾乎每一個人都是孤立無援的。並且他們都遠離家鄉，在異地的臺灣，遭遇大小苦難冤屈時，叫天天不應，叫地地不靈，唯有流淚吞淚，忍耐再忍耐。這種情形，我們都看過，也都聽過，要是看了張耀仁的小說，印象更深刻。

臺灣的社會大眾不知怎麼想？我們的社會是一完整的個體，在這個個體的體內，有各個不同的器官，有各種器官的組織，就像我們人體裡面有心臟、肝臟、腎臟、肺和其他等等，每一個器官和組織都很重要，並且整體的運作都得協調，要不然就威脅到生命。反過來說，目前在臺灣的六、七十萬人口，包括泰勞、菲傭印傭、越南新娘等等，他們都已經成為臺灣社會這個個體體內的器官和組織，如果臺灣不珍惜已成為我們體內的一個部份，不但不尊重他們，要利用他們，又要虐待他們的話，臺灣社會這個個體，遲早一定會發生嚴重的病變。

有好的作品固然重要，好的作品擁有廣大的社會大眾的讀者更重要。不用擔心社會大眾的程度，只要他是一個正常的人，有過喜怒哀樂的經驗，就可以看得懂，或是聽得懂朗讀作品；只要是作品具備了老少咸宜，雅俗共賞的條件。張耀仁的新作《死亡練習》，就是文學的研究者讚賞，一般人都可以欣賞感動。我把全本的初稿都看了，巧的是，當我看其中一篇〈馬鞍藤之眼〉的同時，看到最後外籍新娘黃美美，她買了伴手禮載著小兒子，去大兒子同學家，為大兒子在學校打傷同學道歉；其實事實有違，外籍新娘的小孩在學校不受霸凌，不被欺負就萬幸了，說他打人實在是冤枉，但他被咬定打人，雖然當母親的也很難相信，不過為了息事寧人，還是先向人道歉。哪知道黃美美好不容易找到對方時，卻招到該家的老少，不聞問就抓東西圍打。黃美美的皮肉痛，心更痛，嘴巴不停喃喃喊對不起，另一方面黃美美載來的小兒子，也一時無法弄清楚情況而心慌，此刻好像只有不停的說對不起；可是對方出言刮嘰刮嘰，棍棒乒乒乓乓……。讀到這結尾，我的已經抑制不住內心的澎湃，我說巧的是，我事先放的CD正在閱讀小說末段時，流出大提琴演奏舒曼的夢幻曲，原來可以抑住的情緒，竟鬆弛了壓力，止不住的讓我這八十老朽淚流滿面。我覺得很對不起黃美美，我雖然不是打黃美美的人，但是我覺得很慚愧。

謝謝張耀仁先生，給我們提供這麼好的小說。

自序

原來是這麼回事

再一次，面對這樣宛若大雪紛飛的時光，蒼茫曝亮，不知該拿它怎麼辦的，有一瞬間失去了座標的空慌感。

那總使我想起不過幾年前，當《親愛練習》歷盡辛苦終於出版之際，暗自許諾：下一次，絕對不拖那麼久了！豈知，一晃眼又是四年！那真不免使人一驚：怎麼回事？

怎麼回事。校稿的當下，這才赫然發覺，「怎麼回事」竟成了這次作品的潛台詞——那彷佛是極其童騃的發問，或者明知故問——「如何問問題」，以及「如何問好的問題」是我們這個行當的基礎修為，但細究之，我們究竟是真確知道，抑或故作鎮定的假裝？

這四年裡，我的學生都畢業去了，只有我還徘徊在講台上，不厭其煩的說著那些：比方卡夫卡是變形的；比方村上春樹是雙重隱喻的；比方馬奎斯是魔幻寫實的……好幾次，像是《國境之南，太陽之西》所描述：「有一天，你體內有某個東西死去了。」那樣「啪」的一聲內在的什麼真正燒掉了，恨不得拋棄所有，不顧一切往最最遙遠的那點走去，直到精疲力竭而死。

「這就是西伯利亞歇斯底里。」島本說。

我總是將村上春樹描述的那個場景，想像成最終的試煉，關於小說的技藝、意志或者思索以及凡此種種……這樣想像的同時，冷不防被這些年來流逝的空白給襲擊，令我意識到自己的駑鈍、脆弱以及不知所措，有時真忍不住耍賴大喊：停住！停下來，等等我！然而過去就是過去了，時光對待所有人都是公平的，這句話多麼殘酷也多麼真實：上一次的抒情不可能永遠動人，每一次的開始都是另一場冒險。

可笑的是，面對這本作品，我的腦海裡浮現的竟是「習作」二字。和《親愛練習》氣力充滿的狀態相比擬，這本小說越寫到後期越形渙散，所謂渙散並非意指技術操作的放任，而是書寫熱情的消退與困頓。從外傭到外配，有關壓迫者與反壓迫者的對位關係如何可能突破？這或許是面對這一系列創作時，不斷質問自己也質問世界的命題：除了反壓迫，我們還能理解什麼？探究什麼？決定什麼？

也因此，這本小說冒出〈比桔梗藍更藍〉、〈妹妹背著洋娃娃〉這類與主題全然無關的作品，當然也有幾篇試著跳脫但不那麼成功的作品，比如〈更年〉、〈身分〉以及〈鸚鵡〉等，但無論如何，它們都代表了某一時期的我，從最初〈因為在黑暗裡〉（一九九八年）到最晚〈嘩啦啦墜落的雪〉（二〇一三年），它們說明了我始終關注女性的創作取向，也是讀者必然追問：為什麼特別偏愛以女性為題材？對此，我不願大言夸夸說是為女性爭權，反而以為從日常入手更能凸顯箇中值得聚焦之處，比方我的學生說，她從小就被父親叫做「小賣」，意即女兒將來嫁人像賣掉一樣，故名之。比方說，我的主管曾經低聲附耳對我說：「小張！努力點！女孩子一個月總有那麼幾天不方便……」

再巨大的波濤，也是從細浪展開的。一如這本或上一本小說裡，沒有面目的那些主角們，他們最初也是從瘀傷走向永遠的疼痛。所以，無論外傭或外配，它們共通的命題都在於：如何重拾作為一個人的存在的核心尊嚴。

這幾年下來，談文學創作，我總會從建立自我心靈景觀談起，意即在那個景窗裡，「沒有任何人能夠將之擊倒」。我所舉的例子通常是漫畫《海賊王》意欲成為天下第一劍豪的羅羅亞．索隆，在使出九刀流的當下，他說：「苦難算什麼，我就是喜歡走在修羅之路上！」每回講得激動無比，一下了講台，卻又不免虛空，那大底是，「我能否相信自己」以及「我必須相信自己」的角力拉扯。

我們能否相信自己？相信書寫終將治癒自我？甚至與之重建自我？

再次面對嘩啦啦墜落的雪，有風同行，有流雲四射，此時此刻，天色漸漸暗了下來，而我正啟程前往下一個更遠更遠的座標。儘管內心依舊浮湧著那麼多的不確定，但我告訴自己，不能再這麼沒有信心下去了，也不能再這麼放縱自己了。在下一個十年裡，我必然抵達粉紫滿盈的馬鞍藤之地，並且傾聽那迢遙的回音說：

原來，原來是這麼回事。

原來。

二〇一四年二月臺北

*特別感謝新營高工英文科老師吳昱樺以及好友楊涵琇，協助英譯本書書名。

夢見魚的女人

夢裡的那條魚究竟是怎麼回事？她一面煎魚一面想。恍恍惚惚的油煙一如恍恍惚惚的心情，似乎一直以來她就是這樣恍恍惚惚的過日子：一萬五千零四。

第一萬五千零四條魚。她輕聲細數。等到魚眼完全磣白，她將喊兒子下樓吃飯——她不確定他是不是還是喜歡吃魚？但她明白多吃魚是健康的——或者，改用油炸吧，油炸也不錯，畢竟發育中的孩子都喜歡吃炸的不是嗎？然而一轉念，油炸吃多了要致癌的，還是半油煎吧，可是兒子會不會討厭呢？她翻來覆去想了又想，似乎一直以來她就是這樣反反覆覆的想事情。算了，就用油炸吧，就奢侈一點，再怎麼說今天是兒子的生日不是？更何況，下班前老闆一人一個紅包，說是昨天餐廳業績爆錶哩。

爆錶是什麼意思？不重要，反正上班只要懂得「歡迎光臨」、懂得「小辣中辣大辣」、玉米濃湯別忘了灑胡椒就大功告成了——大的茄汁雞肉義大利麵八十五，小的不加料七十，還有——「我本來就不喜歡吃魚啊。」兒子嘟著嘴，說得理直氣壯，喜不喜歡都沒有理由，這個年紀的孩子啊，她困惑著：並不久前，他不是才說最喜歡這道蒜燒臺灣鯛嗎？

第一萬五千零四道魚料理。照理說，該有美食節目那麼從容，卻終究憂心忡忡魚腹是否濺起油花？或者老舊的炒鍋容易沾黏，黏更難洗的汙漬，連同魚皮浮在水槽底，像發脹的舊抹布，使她想起夢中的那條魚——事實上，她也不確定是否夢見了魚——那魚被搓洗、開膛、去鱗，起鍋的同時，尾巴竟一綹一綹披掛著棉絮似的舌頭，每一句都是難堪的客訴、每一個字都像針尖，嚇得她驚醒過來，一頭一臉的汗。

怎麼會夢見魚呢？前此與從今而後，日復一日的殺魚、煎魚、炸魚，有什麼值得進入夢境？不可能發生任何失誤，也無從出現偶然的吃驚，就是料理而已。就是純粹的活著。等待時間從眼角滑過，變成蒸騰的汗水；等待兒子長大，變得越來越不知道該如何跟他說話，所謂生命吶，她靜靜看望兒子從稚嫩到叛逆，靜靜目睹魚的水潤與焦香，靜靜期盼有朝一日擁有一個大庭院的房子，養一條狗、一隻貓、種點花，假日時分做飯給孩子以及更小的孩子吃，然後期許他們也能夠完成她所認為的有益於這個世界的行止，活著，並且將活著這件事情繼續傳遞下去。

她究竟來臺灣多久了？

由陸至島，她不免感到困惑：臺灣哪裡像個島？海離他們太遠了，一如丈夫離她也很遠很遠——他們打從一開始就無話可說，更接近恩情而非激情。像過度有效率的食譜，她是一條魚或者一塊肉：不斷被翻面、壓擠、任憑擺布……即使過了這麼久，她依然記得那天丈夫提親的單薄的熹微裡，母親不經意鬆了口氣的表情，好似擺脫了一樁長年的累贅。

說不定她真的是。猶如此刻，她坐在人潮散去的店裡用餐，有風輕輕拂動她的額髮，十二月，天氣一反常態的炎熱，她的同事們笑著鬧著，好似有用不完的精力，而她無論如何難以介入她們，像永遠多出來的那個人，一直以來她在團體裡就是扮演這樣的角色，沉默變成她的習慣，她習慣聆聽她們的世故或痴傻或怨憎，拌著早已冷掉的麵，一股腦全吃下肚，寂寞一併。

唯獨今天有些不同。前幾天，兒子興高采烈的跑來告訴她：「媽咪媽咪，老師說我是個有天分的小詩人唷——什麼是天分啊？」是啊，什麼是天分？她把問題丟出來的當下，所有人先是愣了一下，像突然掉了蓋子的胡椒罐，很是尷尬又不得不處理的窘境。但一聽是兒子，也是母親的這群同事總忍不住七嘴八舌：「天分就是老天爺賞飯吃啊，妳要好命啦。」「詩能當飯吃喔？」「哪不行？寫文章賺錢足輕鬆耶，汝沒看人家那個誰拍電影賺了好幾億！」約莫提到錢，她們都是樂觀的，尤其是年終獎金即將發放的此刻。

她們又說了什麼，她沒聽清楚，跟著笑，兀自打量那首歪歪斜斜題名「夢見魚的女人」的詩，感覺兒子一瞬間離她很遠很遠。

誰教會他寫詩的呢？她回到餐廳的廚房裡，繼續煮義大利麵、煎魚、涼拌小菜——回想那麼多年前，她還是餐廳裡陌生的面孔，而今越來越多和她操著同樣口音的女人投入這個行業，似乎她們天生就是料理達人——事實上，她一點也吃不慣臺灣越來越清淡的口味，但客人總是稱讚她：「養生，好啊。」反倒兒子這時候和她站在同一陣線：「辣一點才好！」

錢多賺一點才好。放假多一點才好。寫詩真的可以賺錢嗎？她還在思索這個問題。她灑上起司條，送微波，一客焗飯轉眼就煮好了。或者罐頭肉醬拌一拌，一客麵又煮好了。一切那麼簡單而自然。像店裡的冷氣總會漏水，牆角總有剝落的壁癌，唯獨收銀檯後的神龕擦得晶亮——不知道土地公會不會寫詩？不知道土地婆會不會也有心慌的時刻？她捻來三炷清香，一願孩子平安健康，二願丈夫事業順利，三願爸媽別來無恙。

她很少想到自己。最多的時候是孩子、丈夫，然後公婆，然後又是孩子的功課。極少數失眠的夜晚，她才會想起那段恍若一點一滴被吸納進抽油煙機的愛情：在汗流浹背的夏季裡，他們一同牽手走經巷口的那家茶館、走經那株法國梧桐、走經小學門口，就這麼直直的走下去，走下去，沒有承諾也沒有誓言，更沒有盡頭，但男孩把她的手握痛了，她怯怯的不敢看他，卻瞥見自己露在涼鞋以外的腳趾有著黑色的汙垢，使她整個過程異常惶恐，直到男孩抱緊了她……

「媽咪，妳這樣很噁耶。」兒子抗議的撥開她的手。她只是想梳理他的鬢髮而已。但兒子終究長大了——兒子什麼時候長得這麼大的呢？她看著他，像看望自己，經常瞇著眼，也經常無端發笑。想到兒子寫下的那首詩：「廚房裡的那條魚／在母親額頭跳舞／留下亂七八糟的腳步」——那是什麼意思？是討厭她身上的魚腥味嗎？還是說她的額頭殘留著魚鱗？她趕緊找來鏡子一瞧：凸眼、偏黃的肌膚，以及四季老是乾裂的嘴唇……她聞聞自己的衣領，又聞聞腋下，抬起頭望向屋外，有些茫然，不明白兒子為什麼這麼寫？

也就是從那時候起，開始夢見那條魚——掛滿舌頭的魚——魚告訴她：煎魚要完整，否則會「沒春」，不好。魚還告訴她：草地親戚，呷飽走人，少跟娘家那邊來往，不好。魚還說：想孔想縫，不好不好。她有聽沒有懂，心想這麼多年還是沒學會臺灣話，只聽得懂「麵」、「辣」以及「大碗小碗」。反正，春天來不來沒什麼差別，廚房裡始終是夏天；至於娘家的草地，那實在沒什麼可說的，也就是羊啊雞的奔跑。唯獨夢裡那隻魚才是困擾，致令她神情恍惚，使她懷疑莫非報應終於來了？莫非兒子看穿了什麼？

母親在電話那頭說：「妳要好好保重。」

是啊，她確實越來越重了，最早她的手臂還穿得過母親給的玉鐲，未料此刻肉綿綿、圓墩墩，上次回鄉，所有人半開玩笑捏她的肉，不知是欣羨還是嫉妒說：「吃得好啊，果然是寶島。」其實，哪有什麼好吃的？終日重複的員工菜色，以及炸了又炸的魚肉，長得也像魚的老闆說：「新鮮？一盤義大利麵才多少錢我跟妳說！」她看著那一尾一尾早已冷凍多時，包裹於金黃麵衣、不斷於油鍋裡翻騰的魚——那還算是魚嗎？

她想，說不定將來她會下地獄，說不定夢裡的魚就是在告訴她這件事。但想想，地獄難道會比眼前的生活還要可怕嗎？生活本身就是一場生吞活剝的地獄，否則她的身體怎麼越來越燥熱？脫下圍兜兜的同時，團團的魚腥似的汗味從四面八方包圍過來，搔逗她、侵擾她，惹兒子大喊：「好臭喔，媽咪。」

兒子一叫，她就醒了。醒在丈夫鼾聲響亮的夜裡。她起身，弓著腳，抱胸，像一尾蜷縮的魚，魚尾酥脆，但內裡已經鬆軟乃至失去彈性。「好臭啊，媽咪好臭。」兒子的表達總是這麼直接，但她不介意，他是她的兒子不是嗎？假若他這麼不體貼不懂得感恩，她也有責任不是嗎？況且，臭又如何？再臭的生活下了油鍋，即刻呈現金亮金亮的色澤，瞧，多麼可口！

孩子被鮮麗的顏色吸引了，一口接著一口，好不快樂。「炸的東西少吃點！」她告誡兒子，眼前無端迫近那條破抹布似的，嘰哩呱啦的魚。黑暗中，她又聽了好一半晌丈夫沉重的鼾聲，走到窗邊，看望對街大樓投下漆黑的暗影，而老舊的路燈越發陰森。她抬起頭，意識到這附近的房子像泅泳的魚，越蓋越高、越高越活潑：波浪型的、鐘型、流線型，令人難以想像初來乍到時，這一帶的房子何其矮舊，未料一彈指竟改頭換面，唯獨他們這一排仍像不合時宜的夢，夢裡的魚繼續拍打著那串舌頭，而她下定了決心似的，高高舉起油鍋——

她又把視線投得更遠更遠，試圖看清楚在那夜空之後，是否有發亮的星星？現在她才想起來母親曾說：「臺灣啊，四季如春。」但第一年她就發現根本不是這麼回事：永遠甩也甩不掉的濕、悶、熱，無從乾爽的氛圍與紛亂的人車。而必須再等到更後來，她才明白，生活也就是一團濕溽，不斷的流汗、不斷的擰乾又濕了的抹布，最終，魚跳上她的額頭、跳進她的體內，使她扭扭捏捏想起許許多多的從前，從前還不懂料理、不懂愛情、不那麼世故的時刻——她甚至想起剛到這裡，灰撲撲、暗迷濛，遙遠的山嵐在眼前圈住這條街，附近的孩子經常跑過來盯著她看……

為什麼想起這些呢？就算記得全部的細節，那又如何？充其量也就是油鍋裡載沉載浮的一條魚而已——眼看就要散體了，卻仍在鍋裡掙扎——過去的記憶都被蒸發，凡此種種都被擲入沸騰的黃澄澄的熱油之中，滋滋作響、痴痴坐想……撲鼻的油蒿味令她忍不住掉淚，不是因為傷感，而是嗆，難聞的氣味與難堪的模樣，她想，她的樣子肯定不好看。

她在兒子的詩裡早就是一條亂七八糟的魚了，不是嗎？

但，好不好看都無所謂了，因為兒子今天居然把魚吃光光！她看著兒子皺眉卻讚美不已的表情，明白兒子終究是貼心的，瞧那鼓脹的腮幫子、粉紅色的雙唇勤快的動著，她的兒子啊，有天分的小詩人吶，唯一讓她感到安心的依靠——他將來會靠寫詩賺很多很多錢吧？工作第一個月的薪水會全部交給她吧？將來她還需要繼續煎魚、炸魚嗎？丈夫呢，為什麼今晚還不回來吃飯？

放下筷子的同時，兒子突然對她說：「媽咪，生日快樂！」從哪裡取出一張稿紙，紙上寫著字，一旁畫著捲髮、大眼、厚脣的她，她愣了愣，赫然想起她的生日其實正是和兒子同一天，而她居然忘了！她甚至忘了要告誡兒子：十八歲之前，千萬不可以去海邊游泳啊——還有還有，油炸的魚十之八九都是不新鮮的，想想看這條白鯧六百八……

「媽咪——」兒子喊她。

夢中的魚啊——她趕忙起身，轉小火，灑上幾滴檸檬——是第一萬五千零五條魚，欸，她差點忘了翻面了。

請進。請進來

老師說請進，請進來。來。那頸照例順從的蘸著影，順從的立在窗櫺前，任憑怯怯的線條糖絲也似的從下巴牽連至胸口，膩得一室蜜裡調油——甜——何止甜。因而老師舔舔嘴說：放輕鬆放輕鬆。順勢起身倒杯水，水杯握在手底像握住一只頸子，涼的，幼秀的，也就是失手與不失手的兩造機率。

想當然爾，終究捨不下心。且瞧那頸，汗毛浮動，光潔，如晨間濕蘚，如夕照暈染之薄翳，美，簡直美。老師在心底輕輕喟嘆著，遲遲無法動作，惹來那頸更形怯怯的暗影，如識字班怯怯的歌聲：「天茫茫，地茫茫，無親無故靠臺郎。月光光，心慌慌，故鄉在遠方⋯⋯」

是啊，日久他鄉是故鄉——日久——老師連忙止住揣想，憂畏一旦動心起念，「未來」即成臨眼事實，而多半的事實又過於沉重也過於懊悶，好比道德，好比倫理，好比關係⋯⋯是啊，他們是什麼關係？老師泫然欲泣，不知從何說起，只願還能把握現在——現在，那頸不正立於跟前？不正，靜靜挪移著光影，靜靜梳攏著腦後不安分的髮絲，靜靜靜靜，整座辦公室似乎就這麼屏息以待，似乎就這麼明明亮亮，等誰先靠近。

但不能，不能由他主動啊。

老師持續笑著，笑著笑著有些僵硬起來，不單是表情，而是氛圍，兩人之間有什麼凝凍著。只見那頸側耳傾聽——颱風季，據說又有一個低氣壓形成了，屋外那株黑板樹啪啪翻飛——老師的心同樣抖得厲害，手足無措那頸一行一行流往胸口的淚水究竟該如何收拾？別哭啊別哭，沒事的別哭。語氣極盡壓抑，只求淚水別再往下去，否則要糟，畢竟誰能無視那一近乎幼獸微微發顫的濕頸？

事後回想起來，老師為自己彼時的想法感到羞愧：怎麼能夠，怎麼那般心猿意馬？那頸正是徬徨無助啊，正殷切向他求援，而他滿腦子思索著該如何品嘗那頸，品嘗指尖滑過頸心乃至胸口……罪過。罪過。老師倚靠欄杆，看底下三三兩兩行經之女學員（她們先是被稱作「外籍新娘」，而後改為「外籍配偶」，再過幾年又稱「新移民女性」），一面萌生悔意，一面無從諒解那一年那一刻，在外人看來他們更像一對父女而非其他。

乖，別哭啊別哭。老師低喃。乖。

歲月催人老，但老師兩鬢黑墨如活在麥芽糖似延展的青春底——起於各式各樣的異國女子逆轉了時間觀，使他得以一窺愛因斯坦的夢——對此，老師心存感激。試想那些最初的遇合，哪個不是帶著崇敬的眼神說：「老師好。」「老師謝謝。」「老師對不起。」——對不起什麼呢？青春無罪吶。且瞧她們明澈的褐眼珠：全然信任的姿態；且聽那流瀉的嗓音：牙牙學語般稚拙與大無畏；且瞟那胸前的起伏：發聲時共振之母親的象徵呵。

老師入迷了，執著於那頸之柔嫩，悠悠啼唱：「天皇皇，地皇皇，無邊無際太平洋。左思想，右思量，出路在何方。天茫茫，地茫茫……」

嬰孩與少婦的結合——老師激動著，揣想或長或短、或粗或細、或黑或白之頸——她們每晚領受枕邊人掌心粗糙之求索、之粗魯，啊，婚姻商品化！沙文主義！罪……老師搖頭惋惜，年輕無價，真心無價，被仲介交易的小小新娘呵，她們值得更溫柔更輕緩更智慧的撫摸與對待，甚至她們有權拒絕——

雖則，她們的男人往往認定：「不要」就是「要」。

因而當老師遇見那頸：焦褐，纖細，怯怯然，霎時湧現必須守護它的衝動——守護——老師為這一字眼大感吃驚，不是不明白箇中險境，而是著魔於那頸楚楚可憐，間或默許老師手心之撫摸、之深入。初始，老師很快意識到彼此不可為、不該為，但那粉香層層迫近、層層陷落，流沙般將老師往下拖，終至滅頂……

也有這樣的時刻：兩個人各自喘息，那頸忽而問起臺灣的宗教儀式？問起福佬話「爽勢」是什麼意思？日本時代呢？一時間，老師的欲望硬生生被四百年來的大小戰役給阻斷了，沉默久久僅得一句：媽的。馬的，就是愛臺灣（老師解釋此乃語言政治化）。媽祖也可以透過網路參拜（老師說此乃宗教商品化）。馬祖料理一桌好幾千（老師說這是戰爭異化……）——胡扯一氣，那頸卻咯咯笑得異常歡快。於是老師一個挺腰翻身試圖振作，振作啊，半晌卻不見起色，腦海裡盡是轉進或撤退或毋忘在莒。慘。慘慘慘慘。

那頸又是咯咯咯。

對此，老師重新思索臺灣之定位，思索該以何種精簡的字眼向這些配偶解釋：「他鄉即故鄉」？所以，老師說：三年一小反，五年一大亂，國之勇也。老師說：送往迎來各式統治者，國之能伸能屈也。老師又說：二二八乃悲劇一樁，國之恥也。翻來覆去，再怎麼說都無法迄及核心，不免擲書興嘆，驚動底下眾女子面面相覷，以為再努力也是一場徒勞，因之或歌唱或誦書或寫字皆意興闌珊，寧可少做也不願犯錯。

老師更怒更怒了。

唯獨那頸唱著念著，不畏不懼，擺明了下戰帖的氣勢。當然，老師心知肚明：那是故意氣他惱他，藉此測度他們的關係之深淺——何其天真！回想初次上課，豈敢這般造次？那時候，一切都還像隔著篩落光點的葉隙望出去：恍惚而悠緩，美，真的美。故老師每每點名與之「會話練習」，先是糾正其發音，而後目光梭巡其身，暗自讚嘆頸之纖美——「很。高。興。認。識。你——有。空。來。我。家。玩……」那頸繼續我行我素，一字一句意有所指。

至此，老師再也按捺不住，上前冷然道：慢。且慢。讀慢點。殊不知，思緒早已馳騁千里，反覆回味前日場景：手指在那頸敲著點著，彈奏樂器般的爽颯姿態，恨不得此刻便在課桌間揚起陣陣音樂，要那頸清楚：誰才是主導者！

但老師明白，為掩人耳目，早早便把權力讓渡出去。所以，也只能枯坐辦公室等待其到來，等待時間一分一秒抽長成蔭，成心口的一株大樹——唯被動而已。所謂似水年華啊。老師端詳鏡中五官：已然遮掩不住的老態，何以心緒還如少年般激動？遂翻閱《臺灣通史》、《臺灣人四百年史》抑或《臺灣文學史綱》，一行一行以指圈點，但求平心靜氣，豈知越讀越慌，眼前牆面盡成歷史碑帖——史纂、史識、史考、史評、史義、史鑑——史學六心法，老師默誦，試圖從中驅趕雜念，終究禁不起蘋果的誘惑，逐一考據起兩人之間的情感虛實：源自哪處、終於何方？

不確定不確定不確定。

老師詫異著，怪自己不爭氣，居然為此坐立難安，全然不若五十而知天命。眼看屋外雲深不知處，只怕要下雨了，整座校園籠罩在滯悶之中，像籠罩一樁心事。索性書也不看，只管打量那株來自東南亞的黑板樹：不過幾年時光，竟長成三層樓這麼高！每遇颱風下雨便枝跌葉落，惹孩子尖叫連連，且根部堅硬不時撬開地面破壞景觀，惹教育當局禁止再種此樹，避免花更多公帑修繕，真的是，物種入侵呵。

老師看著那些新種上的纖纖樹種，搖頭嘆息，嘆的是生態傾斜，再嘆情愛難為。詳情是，多虧此樹遮蔽，使得辦公室更加隱密，也更容易得手——尤其位於長廊盡頭的辦公室，裡頭隔了小間，原是作為安放影印機之用，而今機器移走、資料堆疊，極其適於誘發欲望。老師怔怔凝視那窄得不能再窄的空間，無法抑制內心愈發擴張的騷躁：不知那頸是否依約前來？

週末午后，所有人都散去了，偌大的校園空盪盪，老師端立其中更形寂寥。為免啟人疑竇，老師伏桌疾書佯裝批改作業，筆下盡是困惑。偶爾聽見聲響以為對方來了，孰料風吹草動，唯浮塵亂舞，唯樹影顫抖。整個下午呵，老師仰起頭，體內生出巨大的空慌。

等到那頸來此，所有事前的演練俱皆失敗，只見老師忙著倒水、忙著笑，忘卻前此種種之煎熬，且問：今天好嗎？又問：剛剛坐車順利否？三問：工作呢，工作跟不跟得上？都是不痛不癢的話題。那頸遂走到窗邊，不痛不癢的把玩那具來自峇里島的木雕貓：紅椅上的貓咪原本背對背，硬是被扳過來嘴對嘴，惹得那頸咯咯笑。又過半晌，且去移動一旁的戒指貓、鈴噹貓、招財貓，所見貓咪盡成親吻狀，盡聞咯咯咯。

傻瓜。老師輕笑，明白那頸等待著，等待一場風暴的來臨，連帶屋外那株黑板樹也劇烈搖晃——連帶老師的身子也晃了晃。

愛情啊，果然令人昏智。有一片刻，老師幾乎克制不住，起身趨前欲攬緊其其頸、其肩。恰是此時，一張笑臉伸進門來：「猶擱在無閒啊，張老師？」石破天驚，現場兩人連忙彈開，或吟誦牆上懸掛的〈般若波羅蜜多心經〉或捻一疊字卡辨音識字，好一幅積極向上的師生用功圖！「老師，你真正打拚，這些越南仔頂世人有燒好香！」上了年紀的駐衛警有著一口黑牙，一雙小眼睛斜睖著，不知是不是發現了什麼？

當然，老師清楚辦公室何其危險，但越危險越刺激，誰能比他（教書近三十年的）更加瞭解知識體系一旦與情愛掛勾，猶如護士服之於成人片、軍警裝之於鋼管女郎……崇高與背德相涉、嚴肅與嬉鬧交軌，多麼鮮辣！多麼——不能再想下去了！老師輕舔雙脣，目送駐衛警離開，聽見那頸拿著字卡低低念：「我的新家。」「我的故鄉。」「我有話要說——」說什麼呢？千言萬語抵不過一句我愛妳——老師在心底哀嘆，剛剛被這麼一攪，又必須重新培養情緒，簡直是，無限的冒險與輪迴呵。

按照往例，這空檔期間，老師會說些他所經歷的世事，不外乎自幼家貧立志向上，為此經常廢寢忘食導致腸胃不佳，兼之家計沉重而省吃儉用，長期下來營養不良、身型矮瘦，遂在婚姻路上挫敗連連……老師說，一面將手伸到桌下，輕輕摩娑對方膝頭，一面不忘前事之師：另一隻手拿著課本以備不時之需——老師說，原以為有了工作即是愛的保證，豈知校園職場人際關係極為封閉，遲遲無愛可喜可憂。初始，四處拜求月老、託人作媒，漸漸明白緣慳情薄，更何況愛尪為尪煩、愛妻為妻苦，只能選擇看開，看開吶。

但那頸並不等老師重燃熱情，逕自走向一旁的隔間，意有所指的搭住門把，倏然回眸——那株黑板樹盪下一陣亂影，湧動滿室飛絮——老師為此震顫不已，久久無法移開視線，費了好大的勁才抑住激烈的身體反應，站起時撞了桌沿那麼一下。要命。真是要命。那頸幾歲？怎能如此焦香而富彈性？老師暗自喟嘆，想起孩童時隨姨媽赴約（當時姨丈還很年輕，頭髮豐茂猶未謝頂），隔著玻璃櫃饞想那一塊巧克力蛋糕，終究也就是渴望而已。

未料，今日竟能親炙這一懸念。年輕飽滿的巧克力呵。老師遠遠站定，不自主發抖，說不上來是青春傷逝抑或罪惡感作祟，反正抖，抖落指間惱人的粉筆灰，抖落一地緊張汗漬——抖——許多年後，老師勢必更老更老之後，他將靜靜回想這一幕，感激生命的恩賜，使他得以體驗日常的非常，體驗臨老激情原來是這麼回事……這時候，那頸不疾不徐，轉把鎖，開門，轟然一聲！

老師瞇瞇眼，困惑陰鬱的午后怎會曝出一大片草原似的濕亮？繼而瞧見那頸倚靠門洞口，低頭露出一小截焦褐，兩隻手往上將髮收攏至腦後，漾出棉絮似的一層光。

來，請進，請進來。

那頸斜過來，好整以暇的望向這邊。

來。請進來。

是誰在說話？

來。

老師怔忡，聽見那熟悉的招呼語。

不是沒遇過這類場面，但出自那頸畢竟是第一次。老師感到一絲絲異樣的氛圍。來。老師遲疑著，懷疑是欣喜過度的幻聽？來。老師睜大了眼，瞧那頸桀驁不馴：昂揚的肌理、昂揚的喉嚨，完全不若印象中之纖弱——風吹皺一頭亂髮，像文藝片慣用的畫面，男主角究竟打算何時行動？老師明白必須勇於突破，又隱約覺得不對，是地氣襲人，天要下雨？抑或者青春撲騰，煞不住煞不住煞不住？

來啊。進來。這一次，老師聽清楚也看清楚了，察覺那頸儘管眼波含笑，眼角盡瞥向錶——現下幾點？老師瞧瞧鐘，又瞧瞧那頸，揣度對方趕著去哪？又為什麼非去不可？遂而失笑，笑自己明知故問，不就是為了嗷嗷待哺的丈夫與孩子？看看屋外，天一寸寸黑下來，看看屋內，逆光裡的女人像尊高大無比的塑像，分辨不出頸之粗細，只見瞳仁晶亮異常，異鄉情調裡的盯看，美其名為萍水相逢，輕挑些則是逢場作戲。

更說不定是場仙人跳，否則，否則急著伸手做什麼？

老師盯著那頸，害怕起來。

屋外那株黑板樹依舊潑跳，那頸從底下經過時，依稀可辨染身的墨綠，再定睛，已然消失在黑暗之中了。至此，老師悲痛不已，溯及最初貼附那頸的狂喜，以及狂喜之後更柔弱更失神的撫觸：輕輕輕輕搔過頷下，輕輕輕輕搭住頸脈，最終滑進胸口——鮮澀的身體呵，老師將臉埋得更深更深，全然忘卻眼前之頸是人妻也是人母，更是異族，單記得年輕這一事實，與年輕所意味的享樂嬉鬧——好幾次，老師觀察那頸睡著之後光度一格一格走成虛線，先是以指輕刮，而後整副掌心貼合其上，掂量溫度、描摹線條之起伏。

那樣不敢驚動不敢喚醒的，親愛。

那時候，老師坐在成堆的資料上，伴隨著那頸細微發出的鼾聲，回顧這一生迄今的感情種種，只記得很久很久以前的那個胖女孩，兩人住在同一條巷子裡，正眼瞧也不瞧他。待他取得師院學歷，忽而熱絡起來，總在路上巧遇……老師凝望那頸規律呼息，皮膚平滑而微微出汗，像一具發亮的雕塑品，私藏於倉庫間的雕塑品。

老師再次仰頭深嘆，過於幸福而不安的茫然。

這不為人知的小祕密呵，曾幾何時，竟演變成每每見面必以金錢坐收的結局？老師追想，許是那次發現那頸半褪衣襬已然綻線，一時疼惜，遂遞上幾張紙鈔予那頸說：買新裳、穿水水——水水知否？那頸一見到錢，神情怯怯更形怯怯，面露驚恐，致使老師急忙解釋：「買裳，給家己——買裳，給囝仔——」比手畫腳，別無他圖，只求青春美好，不該被現實浪費。但終究過於理想化，一旦開了先例，感情便可稱斤論兩，純真無異痴人說夢。

事後，那頸總有意無意說起夫家難熬、娘家困窘以及小孩要上幼稚園了啊，說著說著淚水撲簌，窄肩哭得更窄更窄，平添惹人愛憐。接二連三，老師漸漸意識到事有蹊蹺，又不好說破，畢竟能得青春眷顧，安能不付出更多代價？浮士德交易啊。老師聆聽那頸織造一則又一則動人的故事：並不流利的中文很有童騃情調，好似孩子一面說話一面充盈奶香——事實上，也就是名孩子，且瞧那短而圓的指節，腕口肉綿綿、粉墩墩，不是孩子是什麼？

老師取來錢包，叮叮噹噹引出小孩兩眼發光，發超齡的光，連帶頸下懸著的兩只乳房深具犯罪意味，深具——老師沒說話，與那頸對望，揣度著是否該冒更大的險？

果不其然，那頸所言皆虛。那日，老師抄小路冒險登門拜訪，驚得那頸眼若銅鈴，遠遠看老師走來竟忘了招呼，倒是一旁的丈夫急喝道：「不就要叫『老師好』？」是村裡少見的斯文男，可惜了那雙長短腳。男子呵呵笑迎，牽著小蘿蔔頭兒子左一聲右一聲老師好，禮數處處做足，但難免費心猜疑。所幸，老師也不是省油的燈，先發制人提起適才與村幹事、社區媽媽開會討論如何籌辦識字班成果展，好讓這些「外籍媳婦」更懂本村風俗，聽得斯文男頻頻點頭，笑。

老師邊說邊瞥那頸去遠之背影，獨留小蘿蔔頭抱著他的大腿又叫又跳，一派天真。天真的掩耳盜鈴。老師搖搖頭。逃吧。都逃吧。立在大廳酸苦難耐，一顆心往下掉、，恨不得上前攬住那頸，如辦公室倉庫間裡突如其來的激動——「歹勢唷老師，古年茶，較利！」斯文男遞過杯子，赧赧笑。老師且去瞧他粗厚的手，又去瞧那捲起褲管的腳，無從想像它們每夜每晝如何對待一枚纖纖之頸？

老師絞著手，極不自然打量起大廳種種擺飾：平常家庭慣有的瓶瓶罐罐與速食店蒐集而來的整套Hello Kitty，以及音響、電視櫃、酒（斯文男問：「要不要飲一杯？」）——冷不防，望見那熟悉的木雕貓：不是嘴對嘴，而是背對背——還有更多更多來自辦公室的小玩意……老師笑起來：孩子就是孩子，幹麼要偷呢？如果愛情也能夠為物，他何嘗不願意極盡所能換取更多，更多的頸、更多的情念？

老師將手按在胸口，甚為痛心。小蘿蔔頭見狀以為藏了什麼，伸手來搶，力氣之大險些撞倒了老師。

斯文男吼起來，一跛一跛上前劈頭便打：「假痟！看你後擺敢不敢？敢不敢？」意有所指，聽得老師一陣心虛、一陣羞赧。小蘿蔔頭邊躲邊叫媽媽，卻不見那頸出來守護，惹得斯文男愈發憤怒，一上一下落到孩子身上的鞋底揚起細薄的灰，土腥濺到老師的鼻下來。老師聞見院埕以披披掛掛的長年菜，聞到屬於這個家的整體氣味：軟呢，錫澀，臊——憶及有那麼一次完事後，那頸挑著他皺癟的胸乳，提及教導孩子發音之難，如「燈」可區分為ㄉㄥ（北京話），ㄉㄧㄥ（福佬話），以及Den（越南語）……那時候，老師抓住對方的手說：噓，噓。妳聽。聽到沒？

滿室靜默，天光靜好，散落一地的資料鋪在身下，以致他們的背脊黏滿了字。老師指著其中一個說：

這就是「愛」。那是「慈悲」。

完全失控的狀態。老師上前護住小蘿蔔頭，力阻斯文男施暴，邊向藏匿一旁的頸求援。真是，俗濫到底的鄉土劇了。那頸大概不會出來吧，應該躲到那堵矮牆下了，正默默監視這一幕嚴父慈母的基調，而他呢，不過是個垂垂老矣的局外人，看地上雲影一會胖一會瘦，一瞬間聲音去得遠遠的，去，去到一個不明所以的境界，去到悠悠晃晃一絲細縷的情感聯繫……他聽見自己說：「擱打，會出人命啦。」

這個下午啊，老師搖搖頭，出得門來，刻意走大路回去，路上盡是識字班學員爭相問候：「老師好——」「老師來坐啊——」「老師——」她們白日忙於家務，夜間勤上識字班，從女孩熟成至女人不過一彈指，如何不老？老師看也不看她們，兀自往前走，大有風蕭蕭兮之豪壯。走至校門口，回首，遠眺滿山燈火，想今日之種種，不免悲從中來，以為一切休矣，休矣。只能留待他年靜靜回憶，回憶那頸猶是孩子的純粹，怯怯然的眼瞳呵。

但事情終究不似老師所想，隔幾日，那頸又來，這回未主動搭住小隔間門鎖，也未淚水撲簌，就是等，等老師開口、等老師靠近，等候屋外那株黑板樹照例遢下暗影，遮蔽兩人之間的情緒。老師全然沒料到這頸這般心機，遂也等著，等她說些什麼，等她走過來靠往胸膛，輕輕撩撥他的小髭，撩撥心房。

辦公室磣白，他們的感情同樣不見血色——真有感情嗎？會不會自始至終只是他一廂情願？老師揪著心，明白兩人早該走至這一步：身分，年齡，地位……他還奢求什麼？青春的頸，青春的笑，青春的美感——真該知足了。老師嘆，否則不也就是找個伴來守候即將可見的死亡，此舉又與那些銅臭男子何異？又與斯文男何異？

但說歸說，怨憎會苦，愛別離苦，接下來的日子該走向哪裡？兩個人就這麼沉默相對，看日頭一寸寸淡下去斜下去，如日暮的老夫妻最終看穿情感的分分合合，滿心感激坐在海邊握住彼此的手，傾聽海潮洶湧，靜靜凝望細碎的波光深邃如鑽。

果真如此，老師心甘情願。偏偏到了這個節骨眼，那頸仍不肯放鬆對感情以外的求索，一雙眼睛不安分梭巡著。老師不由惱怒了，將錢包扔至桌上，大有不顧一切的衝動：拿去，統統拿去！他吶喊著，快將我們的祕密公諸於世！快把我的舉止說給別人聽！老師不可遏抑的顫抖著，背過身，望見玻璃窗倒影不聽使喚的淚，望見那頸面無表情的將紙鈔抽出，塞入口袋，起身離開，離開前不忘把門帶上，徒留巨大空洞的回音。

至此，老師後悔不已，卻也不寒而慄，無從獲知那頸之轉變？是他寵壞了她？抑或他的身分使她肆無忌憚？左思右想，腦海裡盡是那頸各式各樣的姿態，或成窈窕之蛇，或成楚楚可憐之貓……莫非這是一場陷阱？莫非他們的情感暗黑如井，坐井觀天，也難怪那些學者要對那些男人提出批評：跨國婚姻商品化！逃妻恐懼症！婚姻殖民！

而他呢？他和那頸是否也算商品化？不，不是這樣的！老師呢喃辯解，哭了又笑，笑了又哭，一時間難以接受這突如其來的分別。他立在欄杆前，看那頸越走越遠，窄薄的身脊一扭一扭，像鳥，更像雀躍得手的孩子。是啊，孩子，年近半百的老師唏噓著，揣想當年要是與那胖女孩結婚，而今女兒也該這麼大了。阿彌陀佛。阿彌陀佛。無眼耳鼻舌身意，無色聲香味觸法。無眼界乃至無意識界……老師抹了抹眼，又是慚愧又是矛盾，怎麼辦怎麼辦怎麼辦？

往後，那頸還會來嗎？還會叫他一聲老師嗎？到時候，他該以何種姿態面對她？他該以何種心情面對年復一年的外籍女學員（也是人妻人母的）？山風襲湧，老師翻出了白髮，也翻動層層臉之皺摺。老了。真的老了。許多年後，那頸還會記得夕照滑落胸口，臉上撲稜細粉般的橘金嗎？還會記得老師緩緩撫觸、緩緩輕搔的溫柔？那焦糖也似的頸子呵。年輕的巧克力啊。老師摩娑著那只水杯：幼秀的，繪有青花蝙蝠的托蓋杯子，像頸，一個失神摔落了它。

啊。底下經過的女學員們紛紛抬起頭來望向老師。

啊。老師凝望一地碎片，碎片在樹影中閃閃發光。

啊，颱風季。

樹濤響動，群山遠拓，老師同樣抬起頭來望向那株黑板樹，憂心著風雨之後，它是否依然聳立？

那頸真的不再來了嗎？老師蹣跚返回辦公室，所見盡成灰燼，所聞盡是悲傷，痛惜那頸不懂愛之美好，深深傷害了自己，傷害了愛與被愛的能力。將來，將來她會感到後悔的吧？她會記得這一段吧？她肯定要後悔的，她肯定會的。老師哀痛的想。

也就是這時候，門洞口傳來叩叩兩聲。

老師先是頓了頓，遲疑了好一半晌，說，請進。請進來。

黃美美醒來的時候

黃美美醒來的時候，恐龍還在那裡。

恐龍朝她眨了眨眼，額前隆起的疣粒層次分明，分明的氣息噴往她的臉上，粗糙暖熱，像午后小憩的眠夢，像丈夫金腰的手，鬧哄哄的什麼盡皆束收，令人忍不住眼睫低垂，忍不住打起盹來。

她長長呵口氣，連日來的飢餓想必發揮了效果——起於金腰不經意的一句話，卻讓她耿耿於懷——恐龍又朝她眨了眨眼，恍若幾天前買給外甥女的塑膠玩具，眼瞳濕綠，冷不防打了個噴嚏！

沒料到，恐龍的唾沫竟這般冰冷。

「妳哪裡胖？妳哪有胖？拜託！」王姊的笑意同樣冷冰冰，玻璃碎片似的：「妳看看，我們這個才叫胖！妳這雙鳥仔腳！」出其不意朝大腿一擰，惹她一驚，以為又是夜裡金腰蛇著手，吐信咻咻，咻咻進攻。

「汝啊——」王姊還要說，突然的巨大的聲響：又一次塑膠射出，空氣中混雜了沉悶的尖柔的化學藥劑，令人皺眉，也令小恐龍噴嚏連連——黃美美這才看清楚，恐龍並不大，冷灰溜溜，像老家的那條老狗流露著憨厚的神情，儘管那口尖牙終究使人一驚——黃美美又呵口氣，浮升的氲白是這個冬季慣常聚攏的霧，霧中風景，怎麼看也看不清的廠房屋頂突然睜開了一只眼——是她這陣子餓壞了的緣故嗎？

連續幾天她沒辦法吃得安穩、睡得安穩。小恐龍無時無刻跟著她，像一道出其不意的笨重的暗影，也像那些甩也甩不掉的小腹、蝴蝶袖——雖說她向來厭惡金腰的粗魯，卻還是在乎那句嘲弄——她看望小恐龍：冰綠的眼、冰綠的牙、冰綠的淡淡的果香氣息盈滿了整個塑膠取出檯，以致她又想起幾天前面對鳳梨釋迦猶豫著買或不買的心情，再怎麼說，現在連加班費都取消了啊。

現在，什麼都流行「瘦身」。

「妳啊，要多吃點啦！」王姊碎碎念，哆嗦的臂膀在成型機前轉來轉去，看上去又靈活又晶亮，引小恐龍好奇張望：那隻手怎麼可以胖得這麼可口？說不定，牠也和她一樣餓壞了——說不定，牠也很需要一塊肉。是啊，黃美美赫然意識到，該餵牠吃些什麼？看看那要命的口水滴滴落落……黃美美舔了舔唇，心想牆上的時鐘怎麼還沒走到十二點？

「小恐龍，小恐龍蛋蛋！」哪裡衝出來的小女孩抓著幼兒書掩住嘴，一雙眼珠黑乎乎的望向小恐龍。黃美美連忙擋在小女孩面前，定睛一看，搞不懂廠長怎麼會放任小孩在工廠裡亂跑亂跳？

「小恐龍蛋蛋！小恐龍蛋蛋！」小女孩緊拽著黃美美的褲管，躲貓貓似的偷瞄小恐龍。

「小恐龍，馬麻小恐龍！」又一喊，小恐龍突然往後一退——奇怪，牠也會感到害怕嗎？牠怎麼會感到害怕？黃美美無法置信，這樣又古老又殘暴的物種也有害怕的時分。今早，黃美美攔也攔不住，只能眼巴巴看著小恐龍拖拉著尾巴空洞空洞行經金腰面前。所幸，金腰只是習慣性的敲著腿：「看啥？還不趕緊出門？愛呷愛討賺哇。」彷彿小恐龍並不存在，彷彿不這麼裝腔作勢就無法維持男性的尊嚴——小恐龍在他腳邊嗅嗅聞聞，對於鋼條支撐的細腿頗感興趣，致令金腰不耐煩蹬腿道：「走啊！」

篤篤篤篤。空洞空洞。

為什麼他看不見牠呢？

空洞空洞。篤篤篤篤。

「小恐龍蛋蛋！馬麻馬麻——」小女孩還是像發現新大陸那樣，惹母親擰耳朵：「噓，沒禮貌！」——噓——黃美美聽見屙尿的聲音，準是屙尿沒錯！雖然她沒見過恐龍屙尿，但那股子腥臊呵——黃美美把仍留著餘溫的零件裁齊，儘可能不去在意小恐龍，儘管腦海裡依舊浮現那次隨二姊擠在人群裡圍觀考古隊：瞧他們敲敲打打好似優雅的小石匠，瞧他們塗塗抹抹好似高深的藝術家，看得大夥頻頻點頭：

「是恐龍的爪子啊——」

「真了不起！」

「是恐龍的大腿骨啊——」

「真了不起！」

「是小鐵槌哩——」二姊指指遠處。

「真了不起！」眾人沉醉在高度亢奮的情緒裡。

黃美美突然好想念好想念二姊，要是當初她多堅持點，二姊就不會嫁給那個大肚男了，也不會被毆打至加護病房了。要是她多堅持點，這時候就有人陪著一起理解恐龍了。黃美美深信，二姊懂的，二姊什麼都懂的不是嗎？像這樣聽起來極其瘋狂的事，除了告訴二姊還能告訴誰呢？

「龍？我看汝是臭耳聾！」金腰肯定會這麼不耐煩吧。

他老是不耐煩，老敲著那條鐵腿篤篤篤，每每夜裡鬧得黃美美不得好眠——六十幾歲的人啊，還自以為是小夥子——夜底，金腰往她臉上噴氣，連帶她也變成發酵不全的飯粒……夜底，黃美美盡可能不看金腰的臉，卻無從迴避連日來，小恐龍發亮的眼瞳。小恐龍盤尾吐氣，靜靜伏在她的身旁，看著她，濕潤的果香攪得她耳根發癢——黃美美沒想到原來恐龍也是有睫毛的——牠的眼睛怎麼能夠那麼澄澈呢？怎麼那麼像個孩子？

孩子。黃美美操作著裁切刀，聽見有誰在那裡低低的喊：「媽媽。」

媽媽。

黃美美怔忡的，看著攙雜了白濁物質的尿液越靠越近，最終緩緩流入機器下方的集油孔……看樣子，是隻很有教養的小恐龍哩。小恐龍抖抖腳、打呵欠，森利的牙齒在日光燈底下更顯森亮，令黃美美猶豫的退了退。原以為一覺醒來，這一切不過是場夢，未料夢卻活生生的遺留下來了，走到哪都聽見那鈍重的空洞空洞——為什麼非得是小恐龍呢？為什麼不能是別的？如果是小兔子小烏龜什麼的，不是還比較容易釋懷嗎？黃美美思索著，如果是那樣的話，起碼還可以開個寵物店呢，或者抓來送人也不錯啊——誰會要一隻恐龍當寵物？更何況恐龍能當寵物嗎？

小恐龍又噴出一股熱氣。

黃美美的肚子又傳來一陣鴿子叫。

小恐龍似乎對於這樣的聲音很好奇，望著她，像看望一個極其重要的對象，釉綠的眼睛流瀉出釉綠的悲傷——是悲傷嗎？黃美美揉揉眼，果然不吃早餐不行的，視線越來越恍惚——牠真的悲傷嗎？黃美美記起電影《侏羅紀公園》最後一幕，那隻暴龍闖入遊樂場與迅猛龍展開廝殺的當下，雙方齜牙咧嘴、激烈叫喊，有一瞬間，暴龍回過眼來直直望向螢幕，恍若要看穿螢幕以外的她，他們，濕黑的眼神異常深邃，連帶黃美美的心也好似被扯下一大塊。

身不由己。

牠們也是身不由己啊。

黃美美和小恐龍靜靜相望，彷彿被理解被同情的交換彼此的心緒，一時間竟忘了身後那粗魯而粗糙的求索。

「喂，汝笑啥？」金腰喘著氣，菸灰缸蘸了痰的黏稠與滯悶。

「有啥好笑？」金腰趴下來，癱軟的身子有鬆垮的重量。

「汝……」金腰不說話了，沉重的鼾聲放大了夜的寂寥。

黃美美側過身，發現小恐龍哪裡不太一樣？是眼神嗎？或者尾巴？依稀的光照映在額前那些疣粒上，黑墨墨的房間突然睜開了一顆顆的綠眼睛——黃美美想了想，終究還是沒勇氣伸出手去撫摸小恐龍。

牠究竟哪裡不一樣了呢？

媽媽。她又聽見有誰這麼喊。怔忡的想起那一次，在電影院裡試著握住對方的手，卻被巧妙的滑開了。那時候，電影裡的恐龍也是這麼真誠嗎？瞧瞧那眼，那綠得發亮的眼，那純粹的直直望著她的眼，那是天使與野獸的混合，是孩子與成人的交軌——如果當初抓住那手，是不是她的人生就會變得不一樣？

黃美美又陸續的把零件送進裁切口，喀答喀答，像把身體裡的什麼也切斷的。又是一天的開始，又是肚子咕嚕咕嚕叫——牠餓嗎？牠一直都沒吃東西哩，還是，牠和她一樣吃著極少量的東西？巨大的塑膠射出聲再次震動胸口，小恐龍又是一縮，腿關節處的皮膚皸裂粗糙，一張破碎的臉似的，撞得裁切機下的鐵板霹哩啪啦。別怕啊，別怕，黃美美說，說得有氣無力。是因為跟著她減肥的緣故，所以小恐龍才變得如斯怯懦嗎？黃美美揮揮手說，走開，你先去別的地方——「你」？黃美美驚訝自己對小恐龍的稱呼——也許是連續幾天夜裡的陪伴讓她不再那麼恐懼，也許是，大部分的時間牠都仰望她，像孩子仰望著母親。

她是一位稱職的母親嗎？

中午時分，黃美美剝開水煮蛋，面對比自己身形大上許多的小恐龍說：「吃飯。」還是被那些密密麻麻的疣粒給嚇了一跳，它們如斯具體而醜陋，像一顆顆冰綠的活物。「來啊，吃啊，吃飯。」黃美美把水煮蛋擺在小恐龍面前，但牠只是歪著頭，頭頂盡是油漆碎屑，看上去像細碎的雪，雪地裡的綠眼睛眨啊眨的，彷彿哪裡降下來青嫩嫩的孢子。別怕啊，別怕，黃美美這麼呢喃著，體內像被塞進一朵雲，亟欲將她托起的，而她一點也不擅於飛行，只覺得空氣稀薄，想吐。

她會暈機，許是機艙悶得很，許是金腰老愛在機上喝酒。

她討厭酒味。

她也討厭金腰猛盯著航空小姐瞧。

她又看看小恐龍，牠正試探性的嗅著蛋殼——牠真的是個孩子啊，需要人照顧的孩子。

「喂，喊喊嗾嗾，跟誰講話啊妳？」王姊嚼著飯菜靠過來：「妳真正鳥仔嘴哩，吃那麼少！」

王姊看著她行禮如儀往白開水裡涮花椰菜，又小心翼翼挑掉蛋黃。「欸，這樣，下午真的沒問題嗎？要不要吃塊肉？」王姊把便當推到她面前，黃美美看著那塊炸豬排，嚥了嚥口水。

小恐龍遲遲沒去吃水煮蛋，甚至退了退——牠又害怕了嗎？

黃美美很想上前幫牠撥掉那些蛋殼，很想摟著牠說：別怕，別怕呵。然而小恐龍激動的哈著氣，牙尖發綠色的光……也許，越巨大的事物包含著越難讓人理解的祕密吧？也許，每個物種都有害怕的對象？比方黃美美害怕聽到那聲「媽媽」，害怕失去二姊，害怕坐飛機，害怕——「汝講啥？」王姊在她眼前擺了擺手：「汝咁會昏昏去？」

別怕啊，別怕。黃美美撫著胸口，還是想吐。

「就跟汝講，要多呷單薄哇。」

會是減肥減過頭了嗎？

「小恐龍！小恐龍吃蛋蛋！」小女孩的聲音又響起來——為什麼只有她看得見牠呢？為什麼其他人看不見？回過頭，只見墨綠色的機器嘰咕嘰咕噴著氣，一扭一扭的煙幕蒸騰青翠的疣粒——這個世界真的是到處的綠眼珠！——小恐龍瞇起眼，同樣噴發熱氣，同樣頭頂是雪似的碎屑，不知是憂畏抑或興奮，顫抖著，劇烈的顫抖著。沒事的，沒事的，黃美美亦步亦趨走向牠，伸出手，遲疑而緩慢的，許久許久才碰到那冰涼的滑潤的皮膚，那與外表粗糙有著巨大反差的奇特觸感。起初，小恐龍往後退，眼神憤怒著，終究被黃美美的手勢給吸引了，長長的睫毛搔得黃美美忍不住笑，笑著笑著又悲傷起來……沒事的沒事的，乖唷，沒事的。

怎麼可能沒事呢？

怎麼不斷有人在那裡喊：「媽媽？」

媽媽。

迷迷糊糊，聽見有人說：「愛愛找到了哇。」

愛愛？

「鍾艾啊，細細漢的那個有沒有，下晡在警察局……」金腰陡然敲起鐵腿：「恁娘咧！講什麼要錢沒有，要命一條！恁娘咧。」

似乎飛起來了。黃美美浮在房間上空，看著金腰，看望鍾艾……其實，早就知道錢拿不回來了，那些投資像夜裡一閃而逝的光，仔細看，原來是金腰不懷好意的眼神。眼神。看望鍾艾的眼神——雖說她向來討厭金腰，但那眼神——黃美美下意識想擰金腰，卻發覺小恐龍正舔著她的指尖，一種細微的酥麻的濕潤惹人想笑，是因為肚子餓嗎？還是她餓昏了？她看見自己的手指帶有一絲絲透明，一絲絲說也說不上來的青翠，而小恐龍啃得津津有味——啃得，那樣痛快且滿足。也許不是啃，而是怎麼說呢？黃美美好睏好睏，並不是沒幻想過被小恐龍吃下肚，但她知道不該這麼草率——一如她不是沒設想過，嫁給金腰必然承受的目光，但她知道，不該那麼不堪。

母親說：「他也算是個顧家的人。」

二姊說：「真是可惜了妳，妹。」

王姊說：「愛到卡慘死。」

她說：「媽媽。」

媽媽。

別再喊了！黃美美很想這麼大喊，卻開不了口，喉嚨沉得很，四肢也沉得很——會不會，她一直處在夢中，否則怎麼會出現這麼一隻恍若電影特效的古生物？夢裡，她和二姊照例打量著考古隊，叫作小王的那個男孩興沖沖拿了什麼塞到她手中：「喏，給。另一個給妳姊。」棉線勾串的小石頭都褪了色，果然是考古隊才想得到的手工藝。「才怪，這可是恐龍爪子呢！」二姊說：「這是違法的，抓到要下崗的！」黃美美翻來覆去：如何確定這是恐龍的一部分呢？二姊說：「妳沒瞧見！小王胸前的校徽，讀書人吶。」小王聞言笑了笑：「嘎！嘎！嘎！」聲音粗而低而長，一顆一顆疣粒自額庭爆起，胸口與頸間迸開了那枚校徽……

「男人和恐龍都是一個樣，遲鈍！」二姊說。

萬萬沒想到，最終變成恐龍的竟會是二姊——好幾天沒醒來啊，黃美美心疼著，會不會二姊無法度過這次難關？會不會轉醒後，變成她口中遲鈍的恐龍？而恐龍真的遲鈍嗎？黃美美試著側過頭，搜尋起小恐龍的身影，發現牠的尾巴底端變得有些透明，像果凍那樣，也像攙雜了氣泡的塑膠零件。牠同樣尋找著她，鮮綠的眼瞳驟縮成針，舌頭微微外露，混合了尖銳與憨厚的表情，使得黃美美有一瞬間以為牠更接近一隻變種的貓——冷不防，小恐龍「伊嘎」、「伊嘎」叫起來！

黃美美圓著眼：原來恐龍的叫聲是這個樣子的，原來牠也有聲音？

原來，是金腰的喘息。黃美美掙扎著，無論如何逃不開菸灰缸似的滯悶氣味，伴隨著極力壓抑又亟欲發洩什麼的嘶嘶聲，無從閃躲、無從迴避，只能撇過頭去，沉默，一如更沉默的承受著這個異鄉對她的敵意——「欸啊，妳都來多久啦？還不習慣？」王姊訕笑著：「臺灣嘛。」怎麼可能習慣？就像身邊平白無故跟著一隻小恐龍，誰能習慣？誰會習慣？黃美美又去搜尋牠，望見牠今天離得遠一些，然而兩只眼睛依舊發亮，那股果香使得牠的眼睛也浸潤了有氣味的光，唯獨尾巴顯得更透明了……

為什麼突然變得透明呢？

「小心吶妳！」王姊提醒著：「別把手軋進去！」

「看汝憨神憨神，鳥仔腳要多呷點哇。」

「有歲了，趁少年要會想。」

她知道所有人都在笑她，就像她沒說出口的，期待著什麼不一樣發生——是那個棒球帽男人嗎？連續幾日，棒球帽男人開著粉紅色餐車出現在她們工廠外，話不多，咖啡香卻使她們個個都精神起來。黃美美昨日自告奮勇幫她們去買拿鐵和鬆餅，棒球帽男人笑著：「換口味啊？」又仔細又俐落的將東西交到她手中，手指修長而乾淨：「謝謝。」黃美美瞥見他兩鬢汗涔涔，分明這樣冷的天氣，果然年輕就是不一樣，起碼和金腰不一樣。也許，她就是喜歡惜字如金的男人。也許，她也喜歡乾淨的男人。黃美美心想，像金腰，囉哩囉嗦、又臭又小氣，能聽見別人說什麼，又能聽進去什麼？黃美美知道有誰在笑。算了，要笑就讓她們去笑好了，生活多麼無聊，難道她們都沒有一絲絲渴望？難道她們都不想改變一些什麼？

「就是說啊，他不讓我開心，我也不會讓他好過！」老愛宣揚小男友如何殷勤的常如玉這麼咬牙切齒道：「反正，我豁出去了我！」

說起來，嫁到這裡的女人哪個不是豁出去的？黃美美想起常如玉隱沒在黑墨裡的那張臉，沒來由的停電使得她更加激動也更加大膽，像喝醉了那樣，而黃美美的肚子同樣大膽激動著，像焦躁的鴿群亂飛亂撞——真是奇怪！瞧瞧常如玉那副肉墩墩的樣子，怎麼還會有人喜歡？男人究竟喜歡胖或瘦？黃美美又捏了捏兩腰，等待肚裡的鴿群安靜下來，等待小恐龍一步步朝她走近，藻綠色的眼瞳宛若可口的豌豆仁——看起來牠也是胖墩墩的嘛，看起來，牠好像變得更透明了，透明的下腹發散著紫藍的光，像塑膠玩具的光，是今天天氣變得更冷的緣故嗎？

「喂！妳的手啦！」王姊倏的抓緊她，喀答一聲，裁切刀沉重的落下來，她的思緒也被沉重的斷開來。

「妳啊，是不是要昏去了？」王姊意有所指的說。

「就跟妳說妳沒有胖啊。」

「妳哪裡胖了？」又出其不意朝大腿一擰，但這一次，黃美美想到的竟是那個棒球帽男人——也許不，也許只是一瞬間閃過那個念頭而已：如果，當初——她的肚子又響起一陣子鴿子叫了，再這樣下去，她會不會飛起來呢？黃美美深吸口氣，把小腹縮成沒有表情的一張臉——如果當初，母親沒有收下金腰的錢的話——如果，當初——她應該真的是瘦了吧？金腰總算沒話可說了吧？她們也沒話可說了吧？

媽媽。她抬起頭來，想弄清楚到底是誰在那裡說話？只見小恐龍空洞空洞來到身旁，磨蹭著她，對著她呵氣，力道雖輕卻險些將她震倒。牠大概以為牠真的是一隻貓或什麼寵物吧？黃美美想。現在，她已經不那麼害怕牠了，反而擔心牠為什麼變透明了？反而覺得牠的陪伴讓無趣的每一天多了一點期待。期待真的瘦下來，期待一個孩子的到來——金腰說：「生？我已經喀嚓囉。我早就喀嚓了。」——孩子。孩子。孩子不會來了嗎？那她為什麼一直聽到「媽媽」？

沒事的，沒事的。黃美美摟著小恐龍釉綠色的頸子，撫摸那一顆顆凸起的疣粒：滑膩的，濕潤的，堅硬的金屬光澤折射出青翠更趨近於冰涼的那種翠綠，然而往下摸，彷彿可以看見光線透進更內裡的顏色……是不是沒有吃東西呢？巨大的壓迫性的飢餓足以將事事物物都抽空，也足以使古生物變得透明嗎？牠是不是要離開她了？黃美美把小恐龍摟得更緊更緊——其實根本無法圈住牠，牠的身形仍舊比人類大上許多——她把手伸到小恐龍的面前讓牠嗅聞著，指尖碰觸到那尖銳的倒勾狀的牙齒，陣陣濕熱撲到手心來，像反覆糾纏的金腰的舌，對於不愛的人而言，親吻只是病菌交換的聯想而已。

難道牠不想再啃她了嗎？

下午，她照例去買咖啡，棒球帽男人身邊多了一個女人，兩眼紅腫的絞著衣襬。

「就跟妳說，我不是故意的啊。」棒球帽男人聲音低低的：「今天要喝什麼？」

「你每次都這樣說！上次也這樣說！」女人恨恨的。

「還是老樣子？」棒球帽男人的兩鬢依舊冒著汗。

「已經拿掉一個小孩了……」女人的眼睛濕起來。

「是妳自己說好的。」棒球帽男人笑得照樣好看：「謝謝。」

「你再說一遍！你再說一遍！」女人瘋狂的一拳又一拳，頭髮都亂了。

「小心，」棒球帽男人突然附耳對她說：「恐龍是會吃人的。」

「啊。」黃美美握緊拳，感覺今天的棒球帽男人似乎哪裡不同？但她說不上來，也許是他身上好聞的那個氣味消失了，好像變成了另外一個人——好像變成金腰——也不對，起碼金腰看不見小恐龍，起碼他永遠不會知道，那個粉紅的小孩兒像一條放棄掙扎的魚，或者一隻尾巴還來不及收好的蝌蚪……那時候，黃美美多麼想一拳揮向金腰！那時候，她還不知道可以反擊，以及如何反擊——那時候，她多麼聽話啊，多麼瘦才二十三腰……

媽媽。

噓。

媽媽。

也許，每個人身邊都跟著一隻小恐龍吧，只是沒被發現而已。否則為什麼電視裡老是罵著「恐龍○○」、「恐龍××」？或者，這個世界到處都是恐龍，所以大家才會視而不見？

又或者，她其實是恐龍，否則為什麼好多人一聽到她的口音，總會流露出不懷好意的動物性的眼神？

別怕啊，別怕呵。黃美美這麼激動著，乖，媽媽在這裡……

媽媽。

將來，外甥女的身旁也會出現這麼一隻小恐龍嗎？胖墩墩的小恐龍呵，越來越透明的小恐龍……牠還看著她嗎？牠的眼睛怎麼能夠那麼澄澈？她走回廠房，覺得身體裡的那些鴿群就要將她架起了。薄霧蜷伏，偌大的這個重劃區籠罩著黑糊糊、白兮兮的顏色，唯獨廠房上空發散著鮮綠的光，使人忍不住掩住口鼻——黃美美不能自已的顫抖著，耳邊的聲音始終未嘗散去。等她瘦下來之後，那些人就不會瞧不起她了吧？金腰呢，他會怎麼想？小恐龍從身後走過來磨蹭著她的腳，濕亮的眼瞳還是像個孩子——會不會，牠其實就是孩子的化身呢？

如果當初抓住他的手，是不是一切都會不一樣？是不是二姊就不會變成恐龍了？

她回過頭去，看望更遙遠的那邊，那幢高而尖的大樓，玻璃帷幕不時變化著霓虹，那光澤如斯魔魅、如斯深邃，像要把什麼給吸納進去的，像每個夜晚她默默承受那極度壓抑與憤怒，承受著這個城市對她的態度：忽冷忽熱，時虛時滿……她靜靜看望著小恐龍，對上那雙濕綠的眼睛，赫然發覺，自己不知何時也生出了綠色的指甲、一顆顆凸起的疣粒又濕又冷，甚至她的聲音也粗嘎起來……

待會，黃美美心想，待會不要忘了餵小恐龍吃飯。

待會，她也要好好吃飯，好好擁抱小恐龍入夢，希望一覺醒來，這一切都會變得不太一樣——這一切——欸，那擾人的鴿群啊。

媽媽。

媽媽⋯⋯

因為在黑暗裡

像給人牢牢掐住脖子，啪一聲，四周就是黑暗了。

突然停電了。世界變成搖搖晃晃的一支瓶子，既清脆又恍惚，唯獨那個胖女人還在那兒嚷：「阿弟，別忘了蠟燭唷——」星火歡跳，嗶嗶剝剝的烤肉油脂衝上來，連帶漆闇更形黏膩與豐腴。

理該乾燥的秋日，竟好似冷不防的颱風夜：黑墨墨、冷森森，水漬一般的闃暗瞬忽籠罩，使人不由一驚。然而，颱風季早就過去了不是？早就不淹水了嘛？誰這麼嘀咕著——是那邊那個老人嗎？那個老人動也不動在路旁張望許久，兩排由小至大的車燈一輛接一輛，好不容易老人逮住機會邁開步子，想起什麼的哼起來：

「唉啊心底難過吶！親爹親娘在哪唷——」

聲音從這裡傳到那裡，彷彿時代的節奏，彷彿幾十年來只剩口氣。

林政品把視線收回，繼續拆卸工作，底下陡的傳來粗嗓：「啊嘸是按怎？線路沒法度接回去嘿？」

他不急著答話，兀自送老人走進另一端的黑暗底。

「喂！臭耳郎是嘿？」父親嚷。

林政品不甘示弱：「這變電盒生鏽啦，歹開啦！」說著，換上一支十字起子——真正符合眼前螺絲規格的十字起子——他搔搔頭，把腰身壓得更低更低，臀下沉甸甸的工具墜了墜，像要把人往下拉，像隻緊抱升降機的什麼熊？

「想孔想縫，汝！」父親叨念：「賺食啦！」

是啊，月薪、資歷、頭銜……自學校畢業後，他夢想可以開一家咖啡店，打烊後在吧檯寫幾篇小說，或者等待客人上門的空檔讀一首詩……而現在，現在他是繼承衣缽的初級技師！一個在外修理電線的工人！碩士生！

他嘆口氣。一連串的驚嘆號並未使他更形尖銳，再怎麼說，他是個順從的孩子，不忍父親失望——父親抽著菸，菸頭一明一滅，黑暗中求援似的紅光，不知求的是什麼？林政品發現父親的臂膀顫巍巍。

挪了挪工作帽前的燈泡，光度穿過整流器縫隙，投射到對過相距不到一尺的速食店，隨著他不斷移動，室內忽明忽暗，每一件擺設很快露出它們各自擁有的部分，旋即逸去。

光點掃過落地窗前的黃美美，以致她想起幾天前的鍾艾的眼——鍾艾終於出現了，只是隔著警察局偵訊室的玻璃望過去，既不流淚也不道歉，純粹的空洞與冷漠，有人忍不住喊：「錢啊！鍾艾，還錢！」——黃美美同樣激動著，不是為了那些一去不回的借款，而是瞧見鍾艾瞬忽暗下去灰下去的瞳仁……她下意識摸了摸眼角，憶及遙遠的青春：遠在青春鎮的牽手、一次怯怯的親吻，以及男孩濕亮的後頸……

怪。忒怪。黃美美支著頭，納悶自己從來就不是容易傷感的人，為何面對這場突如其來的黑墨，竟騰升無從言喻的憂畏與愧疚？

倒是幾位姊妹並未被驟然的停電給嚇住，依舊情緒投入，其中一個哽咽道：「我——我衝到車外——我說，我對那個人說——」應該是常如玉吧？擤了擤鼻子：「你不能殺死他！你不能！他是我爸爸！他是我爸爸！」過於戲劇性的台詞與動作，怎麼看都像抹了眼淚的衛生紙，也就是一張衛生紙而已。

黑暗中，開始傳來啜泣。

黃美美努力想看清對方的臉，終究被眼前的氣氛給懾住了。她絞著手，強自鎮定，腦海裡卻不斷浮現丈夫金腰站在門洞口說：「妹，妹仔——祝妳，生日快樂！」燈光昏黃，捏在手裡的鈔票一起一伏，影子像撲稜的不起眼的翅翼，卻飛得那樣凌厲，近乎沖天。

「該妳了，小美。」

黃美美撇過頭，目睹這廣大的一區四散著光點，依稀可以分辨出街的肌理、人的輪廓，也正是在這樣的漆闇底，她們才得以安心。畢竟，姊妹們經常被品頭論足——黃美美深吸口氣，再度看見那道從電線桿背後透散過來的光，在那之後，似乎隱藏著一個身影……

該不會，突然倒栽下去吧？她想。

「我對著那張鈔票哭了一個晚上。」黃美美說。

說到這裡，服務生拿著手電筒與水壺為每個客人倒水。「那錢……一千元……我就是不要那錢！我只要一聲真心的祝福！」服務生瞧了一眼，安靜的把水注滿，對她（也好像是對她們）說：「對不起對不起，豬排堡等電來了就來。」隨即盪開手電筒。

林政品沒料到對面會有光束射過來。

從兩具整流器縫隙望過去，眼前是一面速食店的落地窗，窗上的英文符號底下是一張桌子，桌子上擱了好幾本書，顏色與線條被拉成扁平而扭曲的形狀。落地窗後的那個女人哭得極其悲傷，身旁的一群朋友（應該是吧）手忙腳亂遞面紙、拍背——手電筒光線由遠而近、由大至小，瞬忽墜入黑澹。

「啊汝，代誌做得這款荒騷！」父親不知何時移到變電箱下，氣喘吁吁：「落去啦！去車頂拿那粒電火來！」

也就是這麼一瞥，父親花白的兩鬢有長有短，如纏崇的電線有直有捲，過於近距離而擴大而扭曲——「阿爸，我來就好了啦——」林政品再度換上另一支螺絲起子。

「落去啦！真正是削嗣削種！」

他先是聞到一陣撲鼻的醬香，而後襲湧烤肉慣有的獸氣——所有感覺一下子真實起來，他站在地面上，伸了個懶腰，注意到騎樓底下普遍亮著手電筒，平添這個夜晚人與人、人與物之間隱約夾雜的什麼——該說是冒險嗎？

他側耳，約莫是父親的低吼，抑或對面那幅候選人廣告在風中啪啪翻飛？這是中秋罕見的大停電，唯獨悶熱依舊提示著這一城市獨特的面目：盆地裡的汗流浹背啊，即使伸手不見五指亦能被輕易指認。林政品取來大型探照燈往電線桿投射，黑墨墨的天空也像那幅巨型布幔，牢牢裹住父親攀著電線桿的雙腿，那樣微微向後傾的姿態，隨時可能墜地的危險……

這個夜晚，何以不斷生出「父親老了」的念頭呢？他想，父親從業三十多年了不是嗎？他看看燈照，又看看升降機，目光最終落到眼前的速食店，店門口的把手透散出尖銳的金屬光澤，彷彿裡頭關著一隻尖銳的獸。

「阿爸！我從裡面打火給你，好否？」林政品喊。

那雙黑漆漆的腿在電線桿上挪了挪，沒有回話。

坐在落地窗前的黃美美，這時候已經停止了哭泣——也許不是真的停止，而是更深的後悔。她想，這些年來遭遇的事事物物，並非學不會堅強，而是沒辦法就是沒辦法——所幸，發生這麼一場突然的意外，她——她們——今晚得以隱匿而不需被辨識。事實上，打從上回颱風在她們這一帶淹大水後，她的眼瞳便彷彿湧出太多的濕潤與灰暗，總是隔著一層毛玻璃，不夠真切，也不夠虛幻。

冷不防，身邊出現一道光。

「對不起、對不起，小姐，能不能請妳挪個位置？」

黃美美本能的站起身，避開那光。

「對不起！」有人把圓筒狀的物體擺到桌面來。現在她才看清楚，是個男人，正移動著一具工地大樓隨處可見的照明燈，那粗重的喘息與氣味近在眼前，百般侵擾。

「妳，妳可以坐這裡……阿爸，按怎？按呢咁有看到？」林政品忘了落地窗的隔音效果，自顧叫嚷，原本安靜的速食店三樓遂顯得戲劇化起來。

林政品看見父親比了個手勢。

他喘口氣，把機器放平，緊繃的情緒頓時鬆張開來，這才發現屋內如斯悶熱，不由來回掀動汗衫以圖涼快。

黃美美皺了皺眉，錯覺以為那錫澀的汗漬飛至頭頂來——想起母親一年到頭從領口騰出的汗味，總是埋首於成堆的醃菜中揉揉擠擠，它們通常被一個顏色一個顏色塞至甕中，堆放後院，以致灶間發散出汗與劣質香料的暗敗。往往，母親呼喊她們幫忙，她便這麼吃力的提著那些醃菜穿過甬道，聽見巨大而清晰的喘息——那時候，她幾歲？眼看姊姊們越走越遠，她的一顆心嗤溜嗤溜，肺葉極力翕張，彷彿有隻耗子在她胸口竄來竄去……

「為什麼他從來不幫忙呢？」幼小的黃美美在心底這麼質疑父親，不明白他為何願意花錢打造一套西裝，卻好整以暇坐在大廳指東指西，惹得母親幾次停下來直直盯住父親——

「啊？」林政品側過臉，只聽見黃美美低聲道：「先生，你的手……」

林政品意識到掌心下的筆記。

他連忙向那側影道歉，光痕浮貼於女人臉龐，透出瓷胎般通透的粉紅——林政品看了半晌，想起她是剛剛那個哭泣的女人吧？剛剛她哭得好傷心呢——且往下看，神祕的領口浮湧著淡藍色線條，恍若高溫上色的玻璃，黑墨中泛著晶瑩的光澤……莫非是漆闇作祟，否則怎會等他回過神來，這才聽見自己說：

「這個停電，這個……讓妳們很不方便喔？」

黃美美愣了愣，沒料到有人向她搭話。她從來就不是那種容易引人注意的女性——尤其嫁到臺灣後，在丈夫金腰的反覆叮嚀下，以為所謂「美麗」更接近奢侈，而生活豈經得起如斯放縱？她再度觸摸眼角，再度想起鍾艾的面無表情，像給什麼吞噬了，唯獨唇角的那顆痣還掙扎著，還證明了她是青春鎮裡當年的第一美，每日每夜總有好多人痴心企盼。

未料，鍾艾也來臺灣了。

未料——林政品見黃美美不作聲，先是有些卻步，畢竟他從未主動向女性表露心跡——但看領口那一透明的色塊，他且鼓起勇氣說：「剛剛在外面，我看見妳好像在哭……好像在讀一本——一本什麼？」

黃美美沒說話。

「妳一定很瞧不起我們這種做工的吧？」林政品吁口氣：「其實——其實我也是沒辦法的啊！」

黃美美愣住。不明白他為什麼要提到這點？難道他看出她的不快樂？他不快樂，她也不快樂，他們是黑暗中兩個不快樂的陌生人？

「有一份工作就很好了，現在景氣這麼差……」黃美美望向窗外，她們的丈夫相約出海釣小卷，幾個姊妹氣不過，各自抱了孩子到速食店用餐，吃完了飯，正待分享幾句體己話，只聽見啪一聲——

「欸，電什麼時候會來？」

林政品沒接腔。他聽出對方語尾裡的一絲絲異國情調，像咕嘰咕嘰的鴿子，鴿喙搔著耳根，使人騰升一絲絲奇妙的感受。

「妳……」想了想，怎麼問都不對：「妳們……」該問她什麼？林政品看看她身旁聊天的幾個女人以及孩子，想必是外籍新娘吧？該問傳宗接代，抑或婚姻甘苦談？似乎都是些極其私密的話題——還是說，聊聊好吃好玩的事？

所幸，黃美美還算積極：「你們這一行，很辛苦嗎？」

「當然辛苦！」林政品說：「成天在外颳風淋雨，回到公司還要忍耐業績考評，錢少事多又危險，簡直不知道當初為什麼要這樣選擇？」

「那你怎麼不換個工作？」黃美美尋找著掉到地上的筆。

「能換早就換了……要不是，要不是為了家裡的『老猴』……」林政品頗吃驚，不瞭解自己為何說出這麼強烈的負面字眼？

「你是說，你父親？」黃美美瞧了瞧窗外的電線桿：「可是，我看你，剛剛跟你爸搭配得很好嘛？」

「別提了，說來話長！總之，很多時候，命運都不是由我們一個人決定的——」

黃美美點點頭。

「我知道，」林政品將照明燈扳了扳說：「我知道我父親這樣要求也是為我好，只是，只是……」

黃美美聞到他身上的汗酸味，他似乎比剛剛更靠近她，她本能的向外挪了挪：「你是說——」

「有時候，我還真希望自己是一名孤兒！」

「什麼？」

「我說，」林政品說：「如果沒有父母，是不是我現在的工作會不一樣？是不是我就能夠活得自在些？」

黃美美詫異著，沒料到眼前的這個男人也有這樣的念頭——儘管她是不能忘掉母親的身影的。矮小的母親弓著背，啪噠啪噠擰著長命菜，每擰那麼一下便喘口氣，「呃呃」的呼吸聲宛若瀕死前掙扎。常常，聞見那股來自熟悉的母親的汗腥氣，像一條一條恍惚揉皺了的菜葉，適於寡居的揣想，抑或大難來時長相廝守……所以，她怎能這麼自私？她愛她的母親，她不能為了一遂心願而捨棄母親，這也是她願意嫁給丈夫金腰的緣故——她希望能讓母親獲得更好的生活。

林政品怔忡著：「我母親是癌症過世的……她，她這輩子活得非常辛苦……」

黃美美稍稍側過頭去，想把這個人看清楚——他的眼睛、鼻子、嘴巴——他們，他們兩個人，到底還是陌生人吧，是第一次碰面吧？為什麼他這般體己？黃美美揣度著，不能不提防——異鄉客的全部都是白手起家，經不起一絲一毫的揮霍——她想起那次颱風夜，水勢像碩重的夜色倏忽淹上來，她和金腰急急忙忙躲至二樓，屋外的雨勢幾乎吞噬一切，那一刻，金腰握住她的手，她赫然察覺他竟如斯矮小？

此際，她和一個陌生男子一同面對黑澹，一同說著各自的話——有多久她沒好好說話了呢？又有誰聽她說話？

黃美美望著一旁的探照燈，燈下透散出來的光痕把林政品的手心映得黃澄澄，像滿覆螢光的水母，一縮，上升了，一放，沉降了，就這麼升升降降，探照燈發出規律的節拍，篤，篤，篤。黃美美被這奇異的氛圍給吸引了，她心底有種特別的熾熱。

「我一定要逃開他的期望！」林政品還在說。

他望著眼前這個女人——比起剛剛更靠近的——發現她的法令紋原來這樣深？但他並不吃驚，畢竟光線那樣微弱，畢竟黑暗中誰也看不見誰，這令他心底湧現極大的雀躍，再怎麼說他從來沒和一位陌生人談得這麼多！他現在只覺得快樂，甚至有種蠢蠢欲動說不上來的想法——

他看著那本剛剛被他壓住的筆記本：「妳們……是不是在讀什麼？」

黃美美皺起眉：之前不是才問過同樣的問題？莫非暗示她：他們的談話太無聊，或者太冗長？

她又下意識摸摸眼角，決心反擊：「沒什麼，是產前檢查注意事項……」

「妳結婚了？」林政品若有所失，語調乾澀起來：「所以，妳是哪裡人？」他不明白為什麼這麼問？但他總有一點權力知道她的生命片段，她是他第一個邂逅的女性啊。

對此，黃美美為適才的魯莽自責著——他們都是萍水相逢的兩個人，是不瞭解彼此的兩個人，沒有真正看過對方的眼睛鼻子、也沒有碰過彼此的手——這個世界裡，他們是無需牽掛的兩個人，她為什麼要對他這麼嚴厲？她為什麼不能放下自己？

丈夫金腰從來沒有和她說過這麼多話！

「蘇州……下次你到蘇州，記得聽一曲彈詞！」黃美美說。

「妳能唱給我聽嗎？」林政品大膽起來。

黃美美笑著，覺得他有那麼些，可愛——她有丈夫呢，他是否想過這一層？

林政品聽見她的笑聲，約莫受了鼓勵，再度找起話題：「那，妳月亮在哪一星座？」

黃美美有些意外，沒想到修電線的工人也懂這個？

「天平。」她輕咳一聲。

「那，妳豈不是需要很多很多的自由？」

「這也要視情況而定！」

「比方感情？」林政品拭去臉上的汗水，衣袖已經完全濕透了，他聞到腋下難堪的氣味。

黃美美以為，情感的試探應該來得更慢些，應該在此之前還有一些其他的什麼？比方親吻總要闔眼，而擁抱總得考慮地點——他急什麼？她冷冷道：「愛情裡的男人，通常要求對方全心全意，卻未必忠於對方——我絕對無法接受！」

她說著說著憤怒起來，連自己也很吃驚。

林政品趕緊辯解道：「也不是這樣的，有些人……他們總是很相愛的。」

黃美美兩頰飛燙，耳根子倏的熱辣著——他們？

他說的是：「他們」？她與他嗎？她甚至連這個人長什麼樣子都還沒看清楚！

但她想，光憑這點也就夠了。假如他是真誠的，是真心要對她好，即使是黑暗裡的片刻也很足夠了，起碼他說話的語調令人感到溫暖，起碼不是丈夫金腰三句不離口的吆喝——黃美美佯裝不在意的瞥了眼林政品：粗眉、尖鼻、薄唇——會是個薄情郎嗎？

黃美美望向窗外，探照燈的光柱捅在半空中，尚未越過對面的廣告便疲軟沉墜。這廣大的一區，除了黑暗，真的再沒有其他的顏色了。怎麼會突然停電呢？黃美美想著停電的夜晚，母親猶不肯放棄，兀自踩踏著長命菜，眼睛瞇得好小好小。

那時候，黃美美記起小時候，母親帶著她去廟裡給媽祖婆認作契子——母親的樣子，其實也就是媽祖婆的樣子呵。所以，颱風夜裡淹大水，黃美美格外想念母親。揣度著，遠在對岸的母親，是否照例弓著身，繼續那無止無盡的醃漬？颱風夜裡的雨水像電影裡不夠真實的背景，一蓬一蓬往下倒，世界變成一座巨大的澡盆——而早在颱風來臨之前，她即習慣這類天氣：盆地的塵沙昂揚，將人一點一滴削尖削矮，最終帶有滄桑的意味。

「嗶嗶嗶！嗶嗶！」突如其來的尖銳聲把他們拉回現實。

一旁的林政品看見她掏出行動電話，問道：「有人Call妳？」

黃美美頭抬也沒抬，切了按鍵：「沒，簡訊而已。」

「什麼簡訊？」

黃美美側眼看著他。書上說的沒錯！男人就是這樣，還沒正式交往就要干涉她的私事，這算哪門子飛醋？「做愛情的女王，不做愛情的奴隸！」她想起這句來自網路的「愛情格言」——問題是，那次的戀愛實在太短暫了，然後就是此刻了——此刻她是新住民，是外籍新娘，她做不成女王、也當不成奴隸，她能夠擁有的，就是向註生娘娘祈求盡快賜子……

「也許，妳可以考慮其他的方法。」林政品說。

「比如說？」

「我不知道，也許妳需要的是一個擁抱。」

黃美美心底一震，以為戀愛中的男女總是希望對方快樂的：她快樂、他也就快樂，她不快樂、他也就不快樂——是啊，她需要的也就是一個擁抱而已，她需要的，也就是有人真正關心她……她想起這些日子以來，身在屋裡卻恍如身陷牢籠，丈夫金腰有可能給她一個溫暖的擁抱嗎？

黃美美激動著，儘管只是黑暗裡的驚鴻一瞥，儘管只是簡單的一句話，但她滿心感激，甚至想把臉埋到對方胸前，責怪他為什麼不即早出現？

林政品很是吃驚，被這突來的舉動攪得有些手足無措，他不懂為什麼眼前這個女人竟流起淚來？

他試探性的，輕拍著她的臂膀：「別哭啊！妳還年輕的。」

黃美美怎麼也沒料到，自己就這麼哭了起來？也許是堅強太久了，也許是這個世界真的太寂寞了——瞧瞧這無邊無際的黑吶——她用手揩去兩行淚。

他們彼此身靠著身，靠近一點，更近一點。

「對不起，」她說：「我不是故意的……」

「沒關係沒關係，我知道。」

他們安靜的一坐一站，彼此望向窗外。

這一刻，黃美美真正感覺到，他們再也不是人海裡不相干的兩個人！是名副其實的際遇！甚至興起念頭：他們要永遠不分開，要永遠在一起！

但旋即，她為這樣的念頭感到吃驚！怎麼能夠——丈夫金腰絕對不會同意的！而家裡的老母親正等著她匯錢回去……他們終究要分開！這一刻，她多麼希望電永遠不要來，永遠黑暗下去，如果能夠像現在這樣簡簡單單的說話，能夠讓彼此感到安慰，該是多麼美好的一件事——

林政品感到身旁的黃美美離他越來越近、越來越近，心底的不安也越來越大、越來越重。他試著分散注意力，看見對過漆黑的窗口前，藤蔓一般的黑色電線爬得滿牆滿屋頂都是……那些錯縱複雜的電線最後拉出一道主軸，接到附近電線桿上，然後從這根電桿再連接到另一根電桿，然後——然後——在那電線之外，連結的竟是每一個毫不相干的人：他們比鄰而住，卻彼此漠視；他們居住的窗口擁有不同的故事，情節卻沿著纜線相互接連——有幾戶人家正為罹難的人們哭泣，有幾戶則爭辯著保養品功效，有幾戶啪的關上電視機，厲聲催促孩子趕緊做功課——仔細聽，大小粗細不同的電線管路裡，還有各式各樣凌亂且瑣碎的呻吟……

這一刻，電停了，什麼都沉靜下來了。唯獨他正要扮演那個連接點上的操控者，他為這樣的發現感到激動，不由自主的搭住了黃美美的肩——

黃美美向後一扭——林政品立即鬆開雙手：「我……我不是那個意思……」

黃美美點了點頭，兩頰緋紅。

就著微弱的光照，林政品定定的、仔細的看著她，似乎缺少些什麼？他心底盤算著，她今年幾歲了呢？「女人一旦過了二十五歲，眼角質就會開始老化！」百貨公司裡的專櫃小姐這麼跟他說，他看著手上的產品簡介，想起母親這輩子不怎麼講究保養，只在開刀前叨念著：「咁要來去洗個頭？」

他知道母親其實是愛漂亮的，卻礙於家裡養兒育女的經濟負擔……她這輩子真的太辛苦、太委屈自己了。

這個世界上，究竟有多少人是靠化妝美麗的呢？

林政品聞到黃美美臉上傳來的一波波氣息——她身上的氣味，他們的身分，整個環境加諸他們的凡此種種——他看著她，她也望著他（他們的面貌並不怎麼清楚），這些，這一刻都不重要了！在這個漫無邊際黑暗如潮水翻湧的夜底，他只想緊緊依偎著她，只想獲得那一絲絲溫暖……

他們彼此越靠越近。

也就是當他的脣快抵上她的脣的瞬間，他們不約而同聽見窗外傳來一聲巨響。

「啊——」

他們很快撇開頭去，喘著氣。

林政品以為是他之前的預感成真了！以為父親從三層樓高的電線桿摔下來！他看也沒看，放開緊握著黃美美的手，一面嚷著一面奔下樓：「阿爸！阿爸！」焦急的嗓音在樓梯間裡交互碰撞著，四壁而來的回音如斯驚惶：「爸！爸！爸！爸——」

黃美美和她的姊妹們——她們現在全復活過來了，在一旁指指點點——她貼緊著落地窗，看望林政品跑出速食店外，路上的車燈川流不息，烤肉架下的焰火逐漸掩熄……一陣光照投射過來，依稀能夠分辨出一個慌張的人影：寬額，禿頂，乾瘦的腳趿著一雙白布鞋——看起來似乎有點年紀的男人了！

站在速食店三樓的黃美美，看著林政品跑步的身影，心底陡的升起一股幻滅的挫折——她想，還好他們還沒有留下彼此的電話——剛才發生的一切，會不會其實是一場夢？夜裡的夢沒開燈，黑淒淒、冰冷冷，而她這麼在水中載沉載浮……

他還會再回來找她嗎？

林政品氣喘吁吁的跑到電線桿下，嘴裡叫喊著。

只見父親好端端的坐在高處，仰著頭。

他依循父親的視線望去——一小點一小點、宛若零星之火那樣的光度，爭先恐後的自剛拆卸的整流器裡不斷曳洩出來，一小點一小點，在深闊的漆闇裡，舞得滿天滿夜都是！

他怔忡站在原地，想起這個夜晚的偶遇，一如眼前這場不可置信的畫面——「因為黑暗中看不見彼此，所以我們盲目的愛情，可貴。」他清楚，他們其實不是不愛，也不是愛，他們只是連一場沒有結果的愛情也不敢談，他們實在太被動了。

「是螢火蟲啊。」黃美美叫起來：「哪來這麼多的螢火蟲？」

林政品張著嘴——黃美美同樣張著嘴——看望那妖幻也似的瑩澈點點，想起那首古早的童謠：「火金姑，下落土。坐我船，打我鼓。食我冷米飯，配我鹹魚脯。對我門庭口過，乎我掠來作某——」

他們輕輕的笑起來，聽見有誰在那裡兀自叫嚷著：「火金姑！火金姑！」

（然而，天空中依舊沒有月亮，路燈也始終沒有亮起）

（黑色的潮水正一點一滴漫淹起來）

（不知從哪來的潮水……）

（黑）

（淅）

（黑）

清潔的一天

事情發生得太過突然，以致屋內頓時靜悄悄，只聽見水桶裡輕輕搖晃的漣漪，連帶手錶指針也走得那樣響亮。黃美美不由停下動作，側耳，黑漆漆的甬道盡頭似乎躺著不明所以的生靈，朝人的臉龐蓬蓬揉捏，揉出汗、捏出恐懼的心，令黃美美動也不敢動。

未嘗料到，會有一個早晨這個房子變得如斯空盪：心跳放大，藍白拖鞋發出巨碩聲響，甚至習慣性的咬指甲也變得格外尖銳——黃美美又聽了一會，再次提起水桶往前走，一面猜想大伯和大嫂出門前肯定相當匆忙，否則地板怎會浮現這麼多腳印？她提醒自己，待會別忘了再抹一次地才好。

她將抹布擰乾擱在手上，走進昏闇的大廳裡，照例拉起斑駁的百葉窗，然後點上三炷立香插在香爐裡，開始擦拭公媽桌——這張桌子，幾乎和老家的那張一模一樣：暗紅，雕花，沉檀吐光，一尊翠玉菩薩低眉慈目，就是少了玉蘭香——黃美美小心翼翼將那兩盞長明燈擺回桌前，繼續擦拭茶几、座椅、遙控器，連同地上的瓶瓶罐罐也收進垃圾桶，那些歪倒的髒亂意味著：昨晚又鬧到很晚了。滿桌的菸蒂、花生殼還有酒漬，黃美美皺了皺眉，依稀記得昨夜睏倦中，不斷有菸味和驚呼自樓下爆出，擾得夢裡充滿了團團霧障，而她拚命追趕著母親若隱若現的長髮。

還好，她想，再過幾日她就要離開這裡了。再過幾日她就可以不再做噩夢了——也許不，黃美美極力躲開那一念頭：幾天前，弟弟在電話裡告訴她，媽媽恐怕，恐怕——黃美美甩甩手，結束最後一趟擦拭，水桶裡漂浮著那塊怎麼洗也洗不乾淨的抹布，天光在其上翻攪，渾濁因而有了奇特的晶亮，從氣窗望出去，層層疊疊的雲朵自遠方逐漸散開，日頭湧現，風勾動著屋前的那株阿勃勒：黃色的小花吐顫蕊心，那絲絲的露水呵，很具盛夏清晨的意味。

黃美美喘口氣，仍不放心的在大廳、甬道反覆抹地。她的姿態一如往常：過於仔細而顯得笨拙，豐腴的膀肉隨著動作一顫一顫。儘管二十來歲，卻看來像三十餘歲，怕是這陣子的憂煩拖垮了臉？黃美美搥搥腰背，借著天光打量眼下的地板，說不上來為何這般謹慎？大伯和大嫂都出門去了啊，屋裡明明沒有其他人的。

沒有那些刺耳的聲音。

黃美美豎起食指抵住嘴脣，從哪裡傳來的細碎聲響持續干擾著她——嗤嘖嗤嘖。嗤嘖嗤嘖——一下沒一下磨蹭著腳板——嗤嘖嗤嘖。嗤嘖嗤嘖——突然停止了，突然又奏響了！黃美美抓緊抹布，深怕是蟑螂，下意識低頭查看腳邊，赫然發現什麼一閃而逝，霎時甬道內迴盪著啪啪紊亂，擾得氣窗外的幾隻麻雀撲翅紛飛，令人一驚。

這棟房子，這屋內，真的只有她一個人嗎？黃美美再次傾聽，感到惶惶的說不出口的心情，從來沒有一刻是這樣：所有人都不在了——就連和藹的公公也不在了——整個空間沉澱下來，聲音近乎被壓迫出去，唯獨日光窸窸窣窣移動著。黃美美撣了撣抹布，回想幾個鐘頭前，天將放亮的時分，大嫂出其不意搖醒她，一張圓臉黑壓壓的浮在逆光的暗影底：「阿爸不爽快，阮要去急診室一趟，汝留在厝裡看厝。」語氣急躁，糅雜了酒與菸草的氣味。黃美美揉揉眼，不明白發生什麼事？只知道再不下床，手臂又要討皮痛了。

大嫂說罷，轉身嘀咕著：「這個佬仔可真會揀時間，早不揀晚不揀……」

黃美美立在一旁，聽得不很清楚，許久才囁嚅道：你們，什麼時候回來？

「我哪知要弄到什麼時陣？」大嫂沒好氣：「我是病人啊，還要這樣跑來跑去！汝說，我是不是比汝還要辛苦？」

黃美美反射性縮了縮身子，一只眼睛微微一閉——大嫂脾氣發作時，擰人的手勁像極了觸電——黃美美摸摸手臂外側的瘀痕：一絲絲麻癢、一絲絲痛，無論到哪裡都無法避免的印記，那些瘀傷像小獸的眼珠朝外窺探：所見不外是從這個房間到另一個房間、從家裡到垃圾車，以及每日一道又一道的煎煮炒炸——一想到這裡，黃美美忽然懷念起母親做的菜，自從金腰出海後，她已經好久沒吃到家鄉菜了。

大嫂說：「反正再過幾日，汝就要回去了，忍耐一下有什麼要緊？」

是啊，再過幾天——黃美美又聽見那嗤嘖嗤嘖的聲響——回想起來，嫁來臺灣的這一路像場夢，白茫茫、霧煞煞，原以為擁有些什麼，醒來後才驚覺空無一物，除了指尖留下微濕外。一摸，原來是汗，悶熱的夏季爬上額心、流進眼窩，有一片刻，黃美美分辨不出是淚或其他？任憑汗流個不停，兀自站在甬道裡，望見盡頭凝聚的光度團團的，像團團蓬鬆的枕頭，也像今晨來不及結束的夢。夢裡她一出聲，母親便奔跑了起來，跑得那樣決絕，像一縷無邊無際的雲，時而積累，時而逸散，最終流入灰澹的無光底。

為什麼母親飛也似的轉身就逃呢？難道她做錯了什麼嗎？

黃美美這麼揣度著，冷不防激起的水珠濺上腿脛——這個早晨怎麼令人如斯不安？黃美美揉揉手，過於長時間的水漬浸泡發脹了指腹，如皺了的抹布，提醒她該把水換掉了。黃美美站起身，猛然一陣暈眩，險些踢翻了水桶——「要好好打掃厝裡哇。」大嫂的嗓音總有無數的小刺，點點扎在耳底疼痛不已。黃美美揉揉耳，試圖讓自己更清醒些，腦海中浮現金腰離開那天的場景：港邊那座漁產品直銷中心外牆的海豚缺了一只眼，像魚市場常見的空洞的魚眼珠，盯著成簇粉紅的馬齒莧，它們像凌亂的心事生在岸邊的暗影底。那時候，金腰突然笑說防波堤後那幾株粿仔樹的蕊心很適合拿來塗在指甲上……他這麼說著的當下，眼珠濕亮亮，孩子似的，沾了一嘴烤魷魚的醬。

他的樣子讓黃美美想到了公公。公公大概是最關心她的家人了。前幾天還幫她刮痧，一面刮一面說：心事不要放那麼重。公公雖然只會炒蛋給她吃，但那麻油香是金腰從來沒想到的提味。他們經常去公園裡看望紅日西下。愛漂亮的公公始終頭髮油亮、一身的花襯衫，對於她動不動的哭泣總說：沒事啦，沒有問題的。那樣溫暖的時光，彷彿躺在竹蓆上，南國日照，浮塵滾滾，大王椰子輕輕揭起一次笑意、一場夢——那時候在夢裡，母親既不奔跑也不慌張，溫柔的撫摸著黃美美。

「啊？」

水桶翻倒了。黃美美一愣，隨即俯下身去慌亂擦拭著。儘管症夏灼人，終究因為清晨的涼意使得在觸碰到濕地磚的剎那，一陣哆嗦。她的衣領與背上幾近濕透，有一片刻黃美美再度回到那個冬季的早晨，為患有直腸癌的公公清洗繫在腰間的人工排洩袋：寒流來襲，水流全長著尖利的牙，疼得黃美美後腦門抽痛，幾乎無法繼續下去。

而公公什麼話也沒說，只是沉默的在一旁抽完一根又一根的菸。

（不知是否出於煙燻的緣故，黃美美赫然發現：公公彼時乾癟的眼角竟有些微微膨脹的濕潤。）

（他在哭嗎？）

（公公輕哼著歌，黃美美聽不懂，只覺得音調悲傷無比……）

（黃美美想起母親——母親——她是否同樣皺著眉頭？）

來來回回好一半晌，黃美美這才將甬道裡的地板抹乾。蓬蓬熱氣伴隨著陽光逐漸往內移，原本就怕熱的黃美美頻頻拭汗，汗水墜在地上，看上去像漆闇裡晶亮的小眼珠，注視黃美美走進廚房，將水倒掉，將抹布晾在屋後，將流理檯內的碗盤洗好，又抹了一遍餐桌、地板——直到這一刻，她才稍稍放鬆下來，屋內浮動著一股清潔劑糅雜了地氣沉降於角落。

黃美美再次確認四周無人，一股腦坐到沙發上，揉揉腿、捏捏手，如釋重負。

實在是，這陣子過得太提心吊膽了：有時憂心大嫂又要伸手擰她，有時是大伯突如其來的大發雷霆——原本他們不是這樣的，不知從何時起突然性情大變——是公公生病的緣故嗎？如果是，為什麼大嫂每每擰完之後，總會溫柔的問她：「會痛嗎？」每每，黃美美愣住，不知作何回答。雖然欣賞大嫂勇於向自己的父親抗議財產傳男不傳女，但她無法理解大嫂似笑非笑的表情——她怎麼了？他們是不是遇上什麼事？

金腰不在身邊，黃美美無從獲知更多的消息，只能看著公公一天比一天衰弱下去。她在陽光裡想了好一半晌，也坐了好一半晌，眼皮幾乎要闔上了，倏的從哪裡再度傳來極其細微的聲響——嗤嘖嗤嘖。嗤嘖嗤嘖——有什麼隱隱約約震顫著。黃美美直起身來，摸摸自己的額頭，想必是熱昏頭了吧？否則怎會一直聽見似有若無的腳步聲？從剛剛起，她忙了多久？

她還沒吃早餐呢，也難怪全身乏力，耳邊出現了幻音——

大廳的鐘擺輕輕敲響了幾下。

黃美美走上二樓，走進那又熱又窄的房間，攤開雙手倒向床鋪——並不怎麼舒適的一張床，卻也是讓她感到最最溫暖的地方——現在，她漸漸相信，除了她之外，這棟房子再也沒有其他人了。從窗口看出去，對街喧鬧鼎沸，店前擺著巨幅看板：讚！祖傳生炒花枝不好吃免錢！黃美美仔細的張望著那一隻隻擺放於透明食櫃上的軟呢腔體，她抽了抽鼻子，彷彿嗅見一絲絲鹹澀、一絲絲酸甜的家鄉味——她還想多瞧點什麼，但欄杆遮住視線了，只見遠遠的街的盡頭潔亮一片，輕薄的雲絮炸開來。

究竟，這是個什麼樣的地方呢？

黃美美再度躺回床上。靜謐是桌上的那朵假花，蕊心發散陣陣人工香味引黃美美倦睏不已，模模糊糊的意識中，母親照例對她說：「乖，媽媽出去一下喔。」接下來就是她在那座廢棄的遊樂園裡，拚命追趕著母親——但這一次，她來不及看清楚母親透明水母般的長髮，反而目睹自己雙腿越來越腫、越來越紅，蚯蚓似的血脈一扭一扭滿布腿肚，下一刻就要爆炸似的恐怖——

嗤嘖嗤嘖。嗤嘖嗤嘖。彷彿從胸口鑽出來的最後倒數，一會尖銳、一會鈍剉，像要把什麼摧毀的力道！黃美美驚醒過來，看看錶，不過幾分鐘的時間，卻流了一臉的汗。嗤嘖嗤噴。嗤噴嗤噴。她坐在床沿來不及回想剛剛的夢境，心跳飛快——「有人！」她這麼篤定著，翻下床，緊緊貼在門後，直到四周恢復成之前的寧靜，直到牆上的月曆不再掀晃，餘下滴答滴答、滴答滴答，床頭櫃上那個時鐘整點報時的聲響。

是她太累了嗎？累得產生了錯覺？

街上依舊熱鬧。黃美美又站在那兒看了半晌。然而那無孔不入的聲響似乎不打算離開。她屏氣凝神扭開門把，猛然迎面的風吹得瀏海一陣凌亂！不由矮著身子試探性的朝門外張望：大伯、阿嫂？黃美美囁嚅的喊了一聲：阿嫂、大伯？只見灰藍的光線沿著地磚占領了通往另一房間的甬道，宛若尚未醒來的夜。嗤噴嗤噴。嗤噴嗤噴。聲音正是從那裡流瀉出來。

黃美美又壯膽的叫著，想了想又加上一句：阿弟？停了片刻，她亦步亦趨走向那個從未進去的房間——事實上，她還不那麼熟悉這棟屋子，除了來的時間不長，最主要是大伯大嫂的規矩特別多——她走到那扇房門前輕敲：大伯、大嫂？又等了一會，沉默像一面牆，聳然與她對峙。黃美美注意到，這扇門的門把與她和金腰的不太一樣，特別厚重緊實，怪的是，稍稍一扭竟打開了！一股汗與香水交軌的人體氣味衝撞過來，惹得黃美美連打好幾個噴嚏！

落地窗簾透散著淡淡鵝黃，微弱的光度蜷縮於地毯上：毛絮柔軟，覆蓋在黃美美黝黑的腳趾頭，看來像一雙顏色分明的鞋。黃美美喟嘆著：地毯花色之美、窗簾做工之細，但她的情緒很快被詫異給遮蔽了，在那張覆蓋著鵝黃薄被的床鋪上，竟躺著一個人！黃美美背脊挺直，久久凝塑不動——嗤嘖嗤嘖。嗤嘖嗤嘖——沒聽見鼾聲，倒是細微的規律運轉從被單底下傳來。黃美美僵在原地，輕輕的喊了幾聲，這才躡手躡腳朝床鋪靠近，打量起那雙裸露在被單外的腳掌：雪白、光滑、纖細，奇怪的是，五隻腳趾頭全連在一起，像一支小型鍋鏟！

黃美美瞪大了眼，鼓起勇氣碰觸一下，縮回手，又伸出手——那冰涼的極佳的彈力使她一驚！與此同時，她再度聽見那熟悉又擾人的聲響：嗤嘖嗤嘖。嗤嘖嗤嘖。她害怕的往後退。嗤嘖嗤嘖。嗤嘖嗤嘖。棉被一顫一顫的抖動著，似乎是奮力旋轉的姿態，被面顯露出一枚漩渦似的圖案，小小的渦心黑洞洞，要把什麼吸納進去的無止無盡。黃美美倚著門，躊躇好一半晌，向前拈起指尖掀開被子一角：兩條纖細的腿脛赤條條的岔開來，往上看去——黃美美隨即闔上被子，壓著胸口再次退到門邊。

怎麼會？耳根子熱起來，黃美美深吸口氣，立在床邊，咻的將整條被子掀開——一具塑膠製的「男人」只穿了一條黑色底褲，壯碩到不成比例的胸脯堅硬隆起、微微發光，顯而易見的滑溜的肌膚觸感——正是從那最為私密處，發出嗤嘖嗤嘖的怪聲！黃美美兩眼銅亮，忘了該驚訝或羞赧：為什麼大伯與大嫂的房裡會有這樣一個假人？還是一名「男人」！黃美美直直盯著「男人」，揣度它的角色與作用？看著看著都忘了睡意了，不知不覺撫摸起「男人」的胸口、臂膀、腹部……青春勃發的身體回應似的顫抖了一下，一旁的黃美美同樣一抖，羞赧的將手縮回來，額心沁汗。

好熱好熱啊。黃美美亂了分寸，不知該如何自處才好？她反反覆覆揉搓著雙手，想起金腰，那些夜裡發散的熱氣與沙沙摩娑的時光……未料竟是此刻冰冷的毫無生命的塑膠製品！嗤嘖嗤嘖。嗤嘖嗤嘖。黃美美繼續撫摸著眼前這個「男人」，富有彈性而缺乏體溫的觸感，令人興起一絲絲新鮮，極其好奇在那黑色底褲之下，會是一個何等狀態？但她沒勇氣去看，只是望著「男人」的褲頭忽左忽右、旋轉再旋轉——為什麼，大伯和大嫂需要「他」呢？黃美美納悶著，難道說——黃美美的臉龐更紅了。她倏忽想起金腰的掌心：劃過她的背脊，令她湧起一陣酥麻，那溫熱的喘息糅雜了剔除未淨的肉末與薄荷牙膏，以致此刻想起，她感到又酸又涼、又刺又癢的激動。

這麼想著，黃美美赫然驚覺，她的手正伸往自己的胸口，而天花板的角落閃著奇異的光。

她停下動作，注視著光的來源——似乎是一枚鏡頭，邊緣透散著金屬光澤，尖銳、黑亮，像一隻眼睛直直望向這邊——黃美美不知所措，直到那詭異的聲響再度傳入耳中。她連忙站起身，拉回被子、撣撣床鋪，又一路抹平剛剛踩進地毯的足跡，檢視著是否還有什麼遺漏了？退出房門時，那一聲又一聲的嗤嘖嗤嘖依舊不肯離去，影子似的緊緊跟在黃美美身後，惹得她奔跑了起來！

為什麼，為什麼房間裡有那樣的東西呢？黃美美跑進大廳，又跑到廚房，推開一個又一個的房門，她跑得那樣急切，以致身上的汗水跌落地面，被拖鞋劃出一道一道的印來——她一一查看每一個房間，最終氣喘吁吁的癱坐在甬道間，揮之不去的畫面深植於腦海：那個鏡頭……剛剛是否拍下了什麼？大伯和大嫂會因此發現她來過房間嗎？黃美美喘口氣，想起曾在阿弟的房裡撞見那一電腦螢幕，螢幕上的她又扁又長、臉色蒼白……大伯與大嫂房間裡的鏡頭也是用來監視她的嗎？

黃美美出神的望向地板，久久無法動作。突然間，電話響起來了，滴鈴鈴將她喚回現實。她趕緊接起電話，不消說，是大嫂的聲音——沙沙沙沙，沙沙沙沙——黃美美點點頭，又搖搖頭，只聽見電話裡充滿了各式交談，間或夾雜著哭聲……黃美美終於知曉，原來公公過世了，原來那個喜歡穿花襯衫的公公不會再回來了，那個曾經吃麵吃著吃著流下淚來的公公，以及經常炒蛋給她吃的公公……黃美美記得公公一面吃麵，一面呢喃著：「我到底哪裡做不對了？我到底哪裡做不對了？為什兒子和女兒會變成這款樣……」

黃美美掛上電話，再去浴室裡提一桶水來，擰乾抹布，從樓上重新擦拭起。反覆的舉動使她逐漸平靜下來，甚至眼前浮現出曾經和公公走在公園裡的情景。那時候，霞紅滿天，公公稀疏的髮梢拂動著淡淡的古龍水，而黃美美在一旁和阮玲玲說著家鄉話，掛記著遠在故鄉久病不起的母親，那時候公公還安慰她：沒事，沒事的……而現在，站在這個空盪盪的屋子裡，風自屋外帶來細微的、似有若無的鹹澀，隔著一條馬路，可以聽見時而潮起、時而伏退的沙沙沙沙——是海嗎？

黃美美無從得知，她將臉貼在氣窗前，嗅聞著那不同於屋內的空氣。她想，也許她應該趁這個時候出去走走，也許看見了海，就能夠將這一切忘掉？大海是忘憂之神，母親這樣告訴過她的吧。從小，母親就經常帶她去海邊，她還記得有那麼一次，母親沒來由的朝海中走去，越走越遠、越走越小，最終看不見身影了，而她在岸邊哭了起來，直到母親自海面浮出，手臂一起一落，安靜的朝她泅泳過來……

黃美美抬起頭，抹了抹汗，陽光落到最裡邊的茶几。該吃中飯了嗎？黃美美看看鐘，鐘面的那只時針像跛了腳的暗影，兀自在那兒拖著拖著。怕是故障了吧？黃美美這麼猜測著，並沒有打算去調整它。時間被架空的這個早晨，有什麼汩汩湧出，但黃美美說不上來。她只是一再擦拭著那一張公媽桌、茶几、座椅，一如今天最初的時刻，一遍又一遍，謹慎而專注，唯獨在面對桌上的那塊牌位時，她低聲說：「媽，好早啊！」想想，又改口道：「媽媽，下晡早啊！」她若有所失，想著待會要炒一盤婆婆最愛吃的三鮮麵，擺在牌位前。

還要煮一條魚，要悶久一點，畢竟公公的牙齒不太好哩。「爸爸……」黃美美在心底低低的說：「下晡早啊。」

這時候，雲層灰澹下來，日頭隱入天與地的交界，依稀望見門前的那株阿勃勒：鵝黃色的花朵就著微弱的光照，透散出錯綜的葉脈，一陣強風掀起，巍顫顫的眼看就要跌落了。黃美美憂心著，會不會一眨眼它們都被風帶走了呢？她再次聽見隱隱約約的嗤嘖嗤嘖。嗤嘖嗤嘖。但她不再害怕了，因為她知道這個家裡真真正正只剩下她一個人了，她哪裡也去不了，哪裡也不想去，只想趁著這個無人的一天，在清潔結束之後睡上一個好覺。

大伯大嫂今晚應該不會回來了。嗤嘖嗤嘖。嗤嘖嗤嘖。黃美美將抹布扔進水桶，提起，往甬道盡頭的浴室走去。那條灰色的皺縮的抹布就這麼載沉載浮的翻騰著，隔了一段時間，緩緩緩緩鬆開怎麼洗也洗不乾淨的身軀，像一隻死去多時的水母，漂盪，浮沉——也許，她要出去走走才是。恍恍惚惚中，黃美美轉了個念頭，也許她可以買一些小東西回去給小姪子、外甥女……分開的這些日子，他們會不會忘了她呢？

是清潔的一天。屋外的阿勃勒持續墜下嘩啦嘩啦的黃雨。

是清潔的一天。大雨淅瀝淅瀝落在鐵皮棚架上，卻還是遮掩不住那嗤嘖嗤嘖。嗤嘖嗤嘖。

是清潔的一天。甬道的地板上，閃爍著幾滴欲乾未乾的水珠，彷彿有誰在那兒哭泣過，它們那樣晶亮而透明，以致沒有人有興趣理解：

黃美美睡著的片刻，是否，是否流下了眼淚？

馬鞍藤之眼

突然迫近的海風襲擊著黃美美，以致她的汗水飛往公路旁，飛入更遠更遠的那片馬鞍藤，藤上的淡紫色小花是這塊濱海濕地特有的淡紫色眼珠，它們緊盯著偶爾行經的車體廣告：上圍豐滿的女明星啣住冰棒，說——海啊。黃美美聽見兒子這麼說：海，馬麻海——等到公車去遠後，與他們平行的視線底，出現交纏於黃瑾與黃瑾之間的各式布條，布條上的候選人忽前忽後、忽胖忽瘦，引孩子忍不住笑。

「不要亂動！你再動！」

兒子繼續比手畫腳：海啊，馬麻妳看，海。冷不防，一陣鹹澀灌進嘴裡，接著是一陣劇烈咳嗽——黃美美停下車，連搧兒子數掌，只見他不哭不喊摀住後腦，一面盯住那布條與布條之後的大塊植被，好似那裡躲著什麼？黃美美也盯住腳邊那個紅色提袋——這已經是她第三次停下來檢查袋子了。幾分鐘前，摩托車險些衝進路旁的圳溝底，起於她心不在焉的緣故：深怕腳踏墊上的袋子有個什麼閃失，不時下意識摸摸其中的禮盒，並且確認紅包是否還塞在口袋？

此時此刻，整條公路燙得很，蒸騰的地氣蛇曲著那些巨大而蒼白的風力發電風車：風很重，四周跌入午后眠夢似的昏昧；風也很輕，塵沙越過矮灌木出現大片大片的瓜田，田中央闖入一具挖土機，高高舉起的機械手臂投下斜斜的暗影，駕駛艙內的男人抽著菸，淡漠打量其下包圍的人影：他們揮舞著白布條如魚群喽喋、如爭相表態的招魂幡，只聽見聲音營營的：「——土地！——土地！」

黃美美和兒子從旁經過時，持警棍的男人直直望向這邊，動物性的眼神透露著這個夏季少見的灰冷。

馬鞍藤也注視著他們。

他們緩慢前行於狹窄的公路上。風力發電風車最終消失在他們的視線底，連同路旁的瓜田也被隆起的墓地所取代。空氣中，焚燒與酸腐的氣味變得更具壓迫感，沉沉籠罩著墓地以外的檳榔樹，更密集更高的檳榔樹。孩子雙手緊抓後照鏡立於腳踏墊上，表情被風拉扯著，使他無從注意那些凌亂的墳頭。好幾次他試著用手去解鈕扣，不耐煩於嶄新襯衫所帶來的刮磨，而黃美美同樣不停搔著蘋果綠洋裝的領口，彷彿有什麼在那裡嚙咬。

「癢癢，癢癢……」汗水滑經下巴，滑進磣白的襯衫，又濕又熱又黏，「癢癢馬麻，癢——」孩子跺腳，車身因而晃了晃，但黃美美沒有理會兀自緊盯路標，迎面而來的粉塵抑或石灰讓她瞇起了眼。「馬麻，癢癢，癢癢。」光禿禿的腦袋甩動著，卻甩不掉亮晶晶的汗水。因為少了頭髮，比起同齡的孩子看來更為稚拙，也因為稚拙，更添母親的不耐，一路上不斷被搧著巴掌。即是如此，沿途的風景依舊讓孩子東張西望，濕黑的眼珠有濕黑的興奮。

「馬麻……」孩子嘴唇乾裂：「癢。」

風從剛剛就停止了，空氣以固態的形式衝撞著他們，以致孩子的臉龐紅一塊白一塊。黃美美的兩頰也是白一條黑一條，脂粉流散，唯獨眉間的粉塊皺擠著。「站好！站好！」車子因為爬坡而發出轟轟咆哮，黃美美又瞥了眼紅色提袋，且催油門奮力往前騎一小段，終究困惑起四周：檳榔樹換成了資源回收廠，廠房前的狗群散落於寂靜的陰影下，警戒聆聽摩托車曳行而過的粗嘎聲。有一瞬間，黃美美看望狗群的眼神充滿了哀傷，但下一瞬，又面無表情的核對起門牌號碼。

「好癢，」兒子仰起頭來：「馬麻好癢。」

癢不會自己抓！黃美美掂掂手提袋的重量。

「我想噓噓。」兒子說：「噓噓。」

誰說你可以下車的？黃美美擰住兒子，是誰叫你把襯衫拉出來的？

孩子連忙站回腳踏墊，看看闃黑裡的狗，又看看那邊的幾個女工，她們身後的保特瓶堆得像座小山，山頂透露著淡紫色的光澤——是誰的小眼睛在那裡眨啊眨的？「還不趕快紮進去！」孩子邊揉耳根邊抓起衣襬，對於母親的責罵約莫習以為常，猶不放棄打量著保特瓶山頂上的小眼睛——那是一雙小狗狗的眼睛嗎？叭噗的小眼睛嗎？老皮的小眼睛嗎？還是把拔的小眼睛？他開心的拍拍手，又看看狗，意識到應該害怕才對，往後緊靠黃美美。

那雙淡紫色的小眼睛注視著他們。

狗群趴俯於樹蔭下，瞳仁放光，慵懶而威脅的意味。雲層一點一滴匯入陽光底，這一刻，空氣沉重起來，黃美美的眼皮也跟著沉重起來，似乎有什麼將要落下來，她趕緊查看派出所抄來的地址。

「馬麻……」兒子怯怯喊。

黃美美回過頭去看了好一半晌，眼眶紅紅的，肅穆的表情令兒子一驚。

「馬麻……」兒子拉拉她的裙襬，紅紅的小嘴癟著。黃美美舉起手，盯住兒子，顫抖。

「馬麻……」

「要尿快點尿！」孩子一個踉蹌，還來不及站穩，褲子被一把扯下。

「快點！」黃美美說。

兒子望著她，悄悄把褲子拉高了些。

「尿啊。」黃美美說。

「沒有噓噓，我尿不出來……」

「尿啊。」

黃美美終究吹起了口哨，一面反覆檢視警察畫的地圖。她突然意識到什麼，抬起眼望見對面的狗群全站起來，一字排開正對著他們，一旁圍坐的女工竊竊私語。隔著不算寬的馬路，她猶豫片刻，問：「這裡咁是仙草埔？」女工們盡睜大了眼，看看她，又看看孩子，面面相覷。

她再問一遍，為首的那個婦人操著生硬的口音：「汝，講ㄕㄜˇ麼？」

這時候，黃美美注意到她們的頭頂橫跨著一座高架橋，暗影幽深，她們偏黑的面孔顯得眼睛更加雪亮。那雙保特瓶山頂的小眼睛依舊梭睃著。「這裡是庄內里嗎？」黃美美又問，回過頭去叮囑兒子：「趕快把褲子穿上！」那些女工七嘴八舌、比手畫腳，鳥叫似的話語聽得黃美美心煩得很。

「馬麻，」兒子繫好褲帶：「渴渴。」

我不是叫你把襯衫紮進去嗎？黃美美發動車子，沒有動靜，再發，還是沒有動靜。

「馬麻……」

遠方湧起一聲悶雷，像悶悶的一樁心事，心事流進深藍底，潑在額庭盡是一層油漬。黃美美用手去搓，指腹盡是黑墨墨的、長短不一的皮屑。叫你坐好你沒聽到嗎？坐好坐好！坐好啦！

雨開始落下來，點點滴滴打在孩子的光頭上，尖叫連連。

雨也打在那雙小眼睛上，巴答巴答。

「你的襯衫，」黃美美取出雨衣。

男孩還在那裡捕捉翩墜的雨珠。

「我剛剛叫你怎麼樣？你還動！還動！」

兒子的後腦袋都紅了。黃美美緊握著拳頭。

男孩扶著頭，順從的鑽進母親的雨衣底。車子先是震了一下，緊接著快速滑行，然後是一連串沉重的引擎運轉。透過輕薄的雨衣材質，孩子看見一閃而逝的樹影、閃黃燈、水窪，濕答答的光痕濺到他的小腿上，使他想笑，但他忍住了。他緊緊抱著母親，纖瘦的背影透露出纖瘦的香氣，像今早會客室的氣味──今早，他們在少年觀護所和哥哥見面，滿頭大汗的哥哥一見到媽媽又叫又罵──砰咚！車子彈跳起來──孩子把母親抱得更緊更緊。

他似乎聽見低低的哭聲。

他似乎看見有什麼注視著他們。

路再度寬闊起來，通過眼前少見的紅綠燈之後，車子開始減速。此刻，雨已經停了，只留下雨衣的悶熱黏膩著他們。黃美美的眼窩裡滿是水漬，憂愁的神色未嘗因為這場大雨而被沖消，反倒平添對那紅色提袋的擔心，數度確認禮盒是否濕軟、是否不見了？她伸手摸摸兒子的腿，試著把雨衣下襬往後拉。車速越來越慢，最終停在那排透天厝前。黃美美傾身確認，雨衣發出窸窸窣窣揉碎紙張似的聲響，連帶兒子也搓揉著她的肚子。

孩子感覺得到母親的顫抖。

黃美美把機車停在幾公尺外。將雨衣摺好，將紅色提袋移到機車手把上，就著後照鏡梳理額髮、兩鬢，撢撢身上的蘋果綠洋裝——這麼多年過去了，她還是覺得這件洋裝好看，也許是，這是丈夫金腰買給她的第一套洋裝——她再次理了理鬢髮，遲疑著，並不打算補妝。這樣也好，她想，誠心比裝扮來得更為重要。她怔忡的看著鏡中的自己，脂粉盡褪的面孔流露出難以言說的疲倦，使她想起這陣子以來的憂懷：明明是文靜又內向的兒子啊，為什麼會

「鬚鬚，有好多鬚鬚喔……」孩子指著那株雀榕的樹棚蓋深處，說：「馬麻，有人坐在鬍鬚上面！」黃美美走過來，不由分說就是一巴掌：「亂講什麼！」她把孩子的衣襬紮入褲腰間：「站好，你再動——你到底在做什麼？你到底在幹什麼！」她的腦海再次浮現今早的大兒子，又哭又叫：「不是我！我沒有錯！是他們，一切都是他們害的！」

「你再動！」黃美美吼起來。

啪啪啪啪。啪啪啪啪。

孩子咬咬唇，繼續瞧那樹蔭下的漆黑處，那雙眨啊眨的小眼睛看起來在哭。「叫你不要亂動你就不要亂動，知道嗎？」黃美美低下身抓緊兒子：「你到底知不知道？你有在聽嗎？林政品！」黃美美別過臉去。「馬麻，不哭喔，不哭。」兒子細軟的圈住她的肩，在背上拍著。黃美美同樣把兒子摟得緊緊的，更緊更緊一點。黃美美想起少年觀護所那片礜白的牆，好似礜白的無止盡的辯解——究竟是誰錯了呢？一直以來，兒子身上不時出現瘀傷……她告訴他：再忍耐一下，就要畢業了啊，再忍耐一下好嗎？她也是忍耐過來的：二十歲嫁給金腰，成為庄內唯一沒有身分證的新娘，唯一不懂臺語的媳婦……黃美美牽起兒子的手，朝那排透天厝走去。夏雨新霽，天光折散，位於產業道路上的那排透天厝顯得古老而陰鬱，窗口鏤刻著而今少見的蝙蝠圖案。大部分的鐵窗生鏽了，裂開的水泥空地上雜草叢生，要不是那隻狼犬不懷好意的注視著他們，黃美美還以為這一帶是無人居住的空屋。

他們停下腳步。

「小黑……」兒子輕喚著，瞬即意識到那不是小狗狗的眼睛。「馬麻，怕怕……」

黃美美用力握緊他的手。

他們站在其中的一幢屋子前，和那狗遙遙相望。

冷不防，屋內傳來尖銳的，近乎玻璃碎片的嗓音：「誰？」

黃美美很快發現，早在他們接近屋子前，每一扇紗門背後都已經站著人，而且她也驚訝的發現到，整排透天厝的門牌號碼居然都是「十一」。

「汝找誰？」

黃美美深吸口氣：「王正廷先生咁是住在這？」

「伊今嘛出去，叨位要找？」

「我是林政標伊媽媽。」

「誰？」

「林政標。」

黃美美加重語氣說：「前幾天，打傷王先生後生那個少年囝仔……」

屋內倏的沉默下來，似乎思索著這句話的真正意思。乒乒乓乓的金屬撞擊聲迴盪著，還有刮嘰刮嘰的尖銳聲，似乎有誰在屋後磨著刀——屋前的那株雀榕同樣有尖銳的光，淡紫色的什麼掛在樹梢。

黃美美把禮盒提到腳跟前，臉上看不出表情變化。

「汝講汝是誰？」隔了好一半晌，換來另一個較低沉而飽含敵意的男人。

「林政標伊媽媽。」黃美美說：「今日專工來給王先生回一個失禮。」

門後的人影又沉默下來，又窸窸窣窣，努力想弄懂這句話似的，交談著，動作著，刮嘰刮嘰，乒乒乓乓。

——發生於這學期即將結束前的一樁校園鬥毆，眼前這戶人家的兒子被球棒毆傷了，而黃美美的大兒子被認定是「凶手」。黃美美記得兒子當下的辯解：「我沒有！不是我！是他們！他們一直欺負我，一直跟我要錢，活該！」那是她第一次目睹派出所內的擺設：兒子的一隻手被銬在長條板凳後，脣上的鬚如斯黑密，硬的，短的，不再是從前的光滑。黃美美不由一驚，想起多久沒仔細看看兒子？一眨眼就會走路，一眨眼就會說話，一眨眼就到了此時此刻。十五歲啊，在她的故鄉青春鎮都算是成年了——她嫁給金腰也才二十歲不是？她靜靜聽警方說明整起事件經過：球棒是從兒子的書包找出來的，指紋也是他的，更遑論證人信誓旦旦——所有的證據攤在眼前，為什麼兒子還要反駁？

是啊，兒子說，不是我，是他們栽贓我，我帶球棒是為了打球。

打球？黃美美說，學校不是有準備體育器材？這是犯罪你知不知道？

兒子說，帶球棒犯什麼罪？反正妳就是不相信我。

我沒有不相信你，是為你好。

兒子說，才怪！妳一直都不相信我！

我沒有，媽媽是為你好。

兒子說，妳甚至也不相信妳自己！

黃美美還想說，但兒子已經被帶往拘留室了，臨行前大叫著：「我真的沒有！我真的沒有！沒有沒有沒有！」

他真的沒有攻擊對方嗎？那為什麼人家要指控他？黃美美又把事情想了一遍，還是無解，只記得事發隔天，在醫院欲探視那被毆傷的男孩，卻不得其門而入。她看著警方拿來的照片，裡頭的男孩左臉頰留下一道長長印子，乍看像一抹紅豔豔的脂粉，紅豔豔的眼珠流淌著紅豔豔的淚——不，應該是血吧？黃美美心想，受害者總會流血的，不是嗎？那兒子呢？他身上的瘀傷怎麼說？沒有流血的傷害算不算傷害？再忍耐一下啊，黃美美這麼默念著，就要畢業了啊，黃美美這麼低喃著，想起最初嫁過來的那段日子……

「我感覺，真見笑，」黃美美一字一句說：「我—真—歹—勢。」

雨後的樹梢落下颯沓的珠露。植物性的腥野浮盪在這排灰澹的建築前，連帶他們面前的狼犬也興奮的來回嗅聞著。奇怪的是，狼犬的聲音嘶啞得很，像催吐前作嘔的乾咳。兒子見狀躲到黃美美身後，她用力揣住兒子，把兒子拉回面前，同樣嗅聞著那混合了草與泥土的澀味，屏息等待對方的回答。

然而，門後依舊靜默。反倒是隔壁的那一扇門，以及再過去的那一扇門開始傳來嘎嘎的尖銳聲響。

黃美美把禮盒換至另一手提著，愈發不知所措。

她想起兒子的哭訴：「為什麼妳就是不願意相信我！為什麼？」她又看見他手臂上的瘀傷，它們已經慢慢消散了，由黑而紅而黃而白，像煎魚的反覆步驟——每天每天，煎魚成為她在自助餐店裡重要的工作——兒子還喜歡像小時候那樣喜歡吃魚嗎？從來沒聽他抗議便當盒裡總有一條魚，也從來沒想過空著回來的便當盒是不是真的吃下肚？她告訴他：忍耐，再忍耐一下好嗎？忍耐可以帶來智慧啊。

「可是，萬一忍不住呢？」兒子這麼問。

她愣住，一面煎魚一面說：「別人都忍得住，為什麼只有你忍不住？」

她望著剃光了頭的兒子，顯得細長的眼睛無論怎麼看也就是個孩子——為什麼只是孩子的幾個人，非要打得你死我活呢？為什麼要嘲笑他？然而，對方躺在醫院是事實，腦震盪也是事實，父母親傷心也是事實……

「可是，我打他不是事實啊！」兒子大喊著，嘴角的瘀痕亂舞，眼裡盡是不甘。

此時此刻，黃美美牽著兒子站在那裡，像等待通過冗長的隧道，望見通往碼頭的昏昧：等待丈夫金腰返航，等待目送丈夫金腰出航，都是數月才能見上一面的事實——金腰會怎麼想？他大概會一腳踹翻椅子吧，上回她說要去麥當勞打工，他二話不說就扔過來一只菸灰缸……麥當勞和自助餐究竟有什麼分別呢？為什麼可以去自助餐工作，卻不能去麥當勞？但她不敢問，怕又是一地的碎玻璃……也許，她應該向門裡的人多作解釋，好表達自己的真心誠意。她相信兒子絕對不是故意的，他從小連過馬路都要再三確認啊，那麼膽小的一個人，那樣逆來順受的兒子……

「王先生……」黃美美動也沒動，唇上不斷冒出汗珠。

倏的，乒乒乓乓的撞擊聲連同匡啷的玻璃碎裂炸開來！由遠至近，由含糊至清晰，更清晰朝黃美美衝撞過來，她先是狠狠被推了一把，踉蹌的同時，手中的禮盒被奮力扯去——黃美美輕輕欸了一聲——虎口約莫被提袋不夠平整的塑膠邊緣給割傷了，血腥霎時爬向手腕——當她打算起身時，聽見兒子激烈的哭喊，接下來是空氣與金屬物體劇烈摩擦的咻咻聲，從哪裡衝出來的矮個子男人上下抽著衣架，一遍一遍打在黃美美的腳上！還有一個女孩也衝過來，拎起黃美美腳跟前的禮盒，臨去前朝她踢了一腳。禮盒迸開了，好幾顆芒果滾出來，滾到黃美美身旁，紅通通、黏膩膩，像腳上被抽痛的傷口那樣——好不容易站起身來，還來不及看清楚眼前的情況，黃美美的後腿脛關節爆出籐條重擊棉被似的沉悶，使她再次跌到地上——她又輕輕欸了聲——只見矮個子男人逆光的臉龐遮住了灰濛濛的天，呼呼噴氣。

黃美美不確定矮個子男人說了些什麼，但她看見在那身後，一長串淡紫色的好奇的小眼睛——有誰躲在那裡？

她的後腳關節痛極了，痛得無法清楚思考與感受。這時候，剛剛返回屋子的那個女孩跑出來，手裡多了一支掃把，一面跑一面念念有詞，以迅雷不及掩耳的速度揮向黃美美。黃美美忍著痛蹬起身來，邊後退邊大叫，終究被擊中了肩頭。她先是聽見「喀啦」一聲，以為是木柄斷了，但無從言說的疼痛隨即令她明白那是怎麼回事。黃美美再次跌在地上，正欲出聲，身旁突然多出一名老婦人，同樣的矮個子與紅鼻子，看樣子應該與男人有關，也許是他的母親吧？「啊恁是在做啥？這是殺人啊。」老婦人尖著嗓，一面以拐杖敲著地。黃美美立刻聽出來，是剛剛應門的那個碎玻璃嗓音。

「殺人啊。」老婦人以規律的速度敲著拐杖，敲著敲著，敲上了黃美美剛剛裂開的肩頭。

「殺人啊。」老婦人一字一擊，再一擊一字，字字命中。

黃美美躺在那裡，嘴巴一掀一合，不可置信的望著老婦人堅定而憤怒的眼神。

這時候，又衝過來一名女人，她手上的工具比較簡單，是一具搗米的木樁，一上一下重擊著黃美美的胸口，以致黃美美有一瞬間喘不過氣，指尖漸漸抽搐起來。

「殺—人—啊……」老婦人持續呢喃著：「殺人。」

不知過了多久，黃美美感覺到那四個高矮不一的黑影聚攏過來，在她的上方注視著她，像注視一則即將淡下去的影子。模模糊糊中，黃美美想起怎麼就再也沒聽見兒子的哭聲了呢？兒子呢，他去哪了？黃美美半耷著眼，瞧見他們四個背後的那片天空，流雲飛散，那株雀榕上奇異的懸著馬鞍藤的淡紫色小花，像一只淡紫色的眼珠盯著這一幕——為什麼兒子要帶球棒上學呢？只是為了打棒球那麼簡單嗎？為什麼生活中有這麼多不痛快的事？為什麼就連撥一點時間多看看兒子都辦不到？看看他的瘀傷，那瘀傷……他剛出生的時候，臀上也有巴掌大的胎記，後來才慢慢消去的……那瘀傷多麼像胎記啊，但胎記不會痛……黃美美大口大口吸著氣，猛然記起：為什麼今天必須千里迢迢跑到這裡？兒子真的打人了嗎？他們的孩子真的受傷了嗎？

兒子的瘀傷啊……黃美美心想，她是個成功的母親，或者失敗的母親？

「對不起，對不起……」黃美美斷斷續續喘息著，聲音越來越微弱。

而那串馬鞍藤始終注視著他們。

而那串小眼睛始終眨巴眨巴。

刮嘰刮嘰。

乓乓乓、乓、。

嘩啦啦墜落的雪

黃美美是怎麼站上樹梢的，沒人說得清。只見嘩啦啦的花簇漫天墜，如迎面撲稜的鞭炮碎片，如毫不留情的大風雪，雪白遮蔽了視線遮蔽光，一個回神，黃美美已然聳立於樹頂成為人人仰望的身影了。

「妳這是在做啥？」氣喘吁吁的金腰吼著：「阿美，妳站那麼高做什麼！」

其他的男人也嚷，聲音團團的，顯然喘得很、也狼狽得很：好幾張面孔掛著枝枝葉葉，好幾雙鞋沾上了爛泥與木屑——和金腰同是兄弟的金肚尤其又紅又綠又白，誰叫他顧上不顧下，膝蓋、腹部盡是芒穗與蒲公英，外加幾條分岔的血絲。

「下來！妳快下來！」金腰咬牙切齒。

不知是風還是樹冠裡的人影搖晃，白雪似的花簇再次劇烈紛飛，飛得更遠更決絕的姿態，令眾人眼花撩亂：「那邊！她現在跑去那邊啦！」視線裡的黃美美好整以暇的扶著樹幹，坐下來，看望葉片翻飛，像小學生觀察桑葉如何被蠶啃掉的專注，一只擺盪的珍珠白平底鞋險些掉下來，引眾人一陣驚呼。

「做什麼啊？」金腰激動著：「美仔！妳到底想幹麼？」

「What's wrong？剛剛不是還好好的嘛？」工地領班美國博說。

「就是說啊，怎麼爬上去的？」美國博旁邊的飛機頭說。

「不是爬，是飛！」飛機頭旁邊的矮仔粿說。

「汝咁有看到？伊真正是用飛的嗎？」矮仔粿的好兄弟黑狗說。

「啪啪啪啪，我有看到，真的，不信你可以去問飛鼠有沒有！」矮仔粿說。

「你啊！只顧著吃飛鼠和飛鼠腸！」飛機頭說。

「噓。」金肚揉著腳。

樹棚蓋沙沙沙沙響起來，似乎是黃美美起身張望些什麼，從葉與葉跌落的光點在她臉龐投下青翠與銀亮，下邊的男人與女人同樣沐浴在凌亂的碎光底，唯獨他們的表情是黑與白的困惑。他們跟著黃美美的腳步歪歪曲曲向前走，也歪歪曲曲側耳傾聽枝椏吱嘎吱嘎，深怕一個不留神，黃美美修長的身影將自他們眼前砰咚墜下。

「這麼高，她究竟是怎麼爬上去的啊？」飛機頭依舊鍥而不捨。

「昨暝，恁倆個冤家是否？」黑狗嫂問。

「吵架嘛，不吵不叫夫妻嘛。」美國博說：「如果每個人吵架都要爬樹的話，那太

ridiculous（荒謬）了！」

「還是，汝給人家打是否？」黑狗嫂問。

「不可能，才剛結婚啊！」飛機頭說。

「還是，伊想後頭厝，想伊爸爸媽媽是否？」黑狗嫂問。

「想的話，現在電話都會響，不信你可以去路上隨便問什麼人，都有電話啊！」矮仔粿說。

「噓。」金肚捂著腹部。

「阿美！」金腰冷不防踹向樹幹，樹葉嚓嚓作響，小花再次翩飛、再次騰升，像縷縷迴旋的銀絲線，像擴散的雨點往下降。「阿美！」金腰又吼了一聲，聲音夾雜著哭腔：「妳到底想幹麼啦？」突如起來的風旋起樹下層層疊疊的花瓣與枯葉，連帶旋起嗚嗚的哀鳴，彷彿樹木也有話要說，彷彿除了黃美美還有誰躲在樹林深處？

「妳趕快下來！阿美……」金腰抹了把臉：「妳爸媽那邊……妳爸媽那邊……」

有一片刻，黃美美朝下看，逆光的面孔發散碧綠的光——嘩的樹的墨綠色內裡拗折至頂端，白光瀑洩——「細膩哇！」黑狗嫂喊著，只見黃美美立直身、雙手平舉，像走平衡木那樣一步一個浮顛，看得底下一步一個驚心，人人額庭冒汗，汗水糅雜了工作服原本的錫澀，錫澀帶他們回到稍早之前的那個工地現場——據說建案完成後，此處將是「亞洲最大」的水上樂園兼度假中心——那是近月來，公司難得接下的「大案子」，所以每個人格外賣力，又是刨木、又是釘槍、又是拉管線，整個屋子懸盪著黏著劑與香蕉油混合的奇異氣味，使他們一面思索工序，一面聯想至食物之可口，腦袋瓜子與肚子相互交戰，要命。

也就是那時候，黑狗嫂低聲對金腰說：「恁某，伊看起來不太爽快哩。」

「當然不happy啦！」美國博說：「想想看，以後這裡蓋好了，我們連一個晚上都住不起嘛。」

「一張門票貴悚悚！」黑狗接腔。

「那也很難說，不信的話你可以去問問——」矮仔粿的話猛然停住，怯怯躲開黑狗嫂瞪著的灰褐眼珠。

「阿兄，笑一下啦，」金肚擦響打火機，遞菸：「今日都還沒有聽汝講冷笑話！」

金腰笑著，笑得有些勉強。今天的他有些心不在焉，約莫昨晚母親的一席話令他耿耿於懷。母親說：「汝啊——汝！不要那麼寵伊，當作這裡是旅社是否？寵某多痟鬧！歸日就知曉寄錢回去，也不想想看——」他向來就不喜歡母親碎玻璃似的嗓門，亟欲辯解，卻找不著有力的證據，只能任憑聲音繼續刺扎扎：「早知道這款樣，就應該把伊送回去！那個仲介——那個大面神！當初伊是怎樣掛保證？一只嘴就知曉胡纍纍！」叨念的同時，屋外湧進這個時節少見的霧，霧氣把母親的臉龐舔得又濕又亮，也把那些哇啦哇啦的話語浸潤的又亮又濕，濕淋淋的字句使他幾乎滅頂，也令立在門洞口的黃美美一臉蒼白，嘴脣一掀一合，終究只是無聲的望著他以及，婆婆。

「阿美……」金腰愣住：「阿母不是這個意思……」

作婆婆的倒沒鬆口的打算：「譁啥？伊咁聽有？講兩句就風火倒！那這樣再講下去，不就跳起來頂到天？」

「阿美——」

「免追啦！」母親喊：「真正是，沒米遇到閏月，沒錢撞倒草地親戚！」

金腰一拐一拐追出去，甬道裡盡是霧與腳步的碰撞，黃美美的身影若隱若現，長長的南洋沙籠在霧裡浮動著牽絲絆藤的印花，印花有著異國的顏色：白的金的軟呢的，就是不知該把視線往哪放？「阿美！」金腰一把抓住她的手：又細又冷，彷彿霧也有了具體的重量與形象。「阿母伊愛說笑哩。」金腰囁嚅著，輕輕握了握那雛鳥似的手：「妳不要亂想，阿母那個人說話就是比較直……」

「阿美？」金腰俯下身來打量她，她的臉低低的，像張沒有情緒的紙。

她聽得懂嗎？不，金腰相信，她的思緒比誰都清楚，否則這些日子不會在夜裡無端哭泣。說起來，他也很想好好安慰她，很想告訴她：我們搬出去！奈何他就是開不了口，在母親面前他變成了沉默的背景，而母親像場大霧籠罩著他們：滿臉濕濡、兩眼汪汪，像汗也像淚，一天總要流上好幾回。

「對不起，對不起。」金腰低低的說。

白皙的單薄的肩頸顫抖著，顫抖的是金腰的手——別無其他，肯定是黃美美感到害怕的緣故。自從結婚以來，他們之間的肢體碰觸就好比夜裡窸窸窣窣的綷縩，細微並且隔閡，偶爾激動些，黃美美奮力向牆的一邊瑟縮著，像一隻瑟縮的小獸，以致金腰每每錯覺：自己正犯下一起罪愆，而非面對一場美夢。他總是枕著手，看望黑澹裡的天花板，像看望他們蒼白的關係，不由想起那張傳單：「可睡、可工作、可生小孩——為什麼你不結婚？除非你有問題！」母親將傳單遞給他，說是隔壁阿雄家的越南仔又會做家事又好乖，「比請一個外勞擱卡會合（划算）！」母親沾沾自喜：「伊還講，足好控制耶。」

神情像打算馴養一條狗或者管束一隻貓。

「頭一個就生查甫囝哇！」母親瞪大眼睛：「汝啊——汝！再不給我信道，後擺汝就了然！」

金腰捏捏那條自小就不那麼有力的腿，怔忡聆聽過於安靜而產生的蟲豸抑或蛙鳴之波頻，彷彿聽見黃美美的心跳，輕柔的低喃的，混合了新奇與生疏的律動——聲音越來越近、越來越清晰，一條條光束射進金腰覷瞇的眼，大霧驟然散去，事事物物露出瓷細的弧線，現在他總算看清楚，黃美美所在的那根枝條以及枝條底下成串的小花蔓澤蘭：心形葉片溜溜的轉，披披掛掛遮蔽了大片的光。為了看得更真切些，他們一群人拿著柴刀又劈又砍，引生靈亂飛亂跳，致令樹冠深處幽幽細語——現在他真的看清楚，這些樹並不如想像中高大，奇怪的是樹棚蓋厚重無比，涼森森的黑綠壓迫著他們，有一片刻，他們以為置身於墨綠的海域中載沉載浮——刷的有什麼自樹裡鑽下來，黑墨墨、亮晶晶，旋即往上衝！

他們幾個全豎直背脊，緊握拳頭。

「是烏秋是否？」黑狗說。

「啪啪啪啪嚇死人，飛鼠也沒這麼衝動啊。」矮仔粿說。

「God！」美國博拍拍胸口。

嘩嘩嘩的樹海再次湧動起來，陣陣寒意襲擊著眾人，他們一面呵氣搓手，一面望見黃美美又一個站起，又舉起手來撩撥頭髮，像要展現自身的美麗，更美麗那樣的，朝底下拋出一個極其狐媚的嬌眼。「阿嫂！汝緊下來啦，不然我阿兄會不甘（捨不得）！」金肚嚷著，被劃傷的腹部一張一弛。他們泰半匆匆忙忙從工地追出來，來不及卸下工具也沒時間抓件衣服，故而像金肚赤著上身的人所在多有，唯獨金肚結實的體格讓他看起來更像叢林的一分子——也許不，也許黃美美才是真正的叢林之人——且瞧她一會兒撩起裙襬，一會兒踮腳痴笑，全然不在意林子內氤氳幽藍，抑或林子外日照光燦，兩種截然不同的光度襯托著妖幻氛圍，枝葉都有了靈活靈動的身影。回想起來，黃美美在此之前並沒什麼異狀，照例頭低低的立在一旁為他們遮水、遞工具。大夥心知肚明黃美美不是來做工的，只是金腰希望她能夠多和外界接觸，豈知，一個轉頭和黑狗嫂聊上幾句，倏的「哇」一聲黃美美往外衝！

她究竟怎麼了？她是怎麼「飛」上枝頭的？

「咁會是——？」黑狗嫂小心翼翼望了望四周暗黑處，沒再往下講。

「攏怪汝！沒代沒誌講那個五四三，莫怪阿美會不歡喜！」黑狗沒好氣。

「我，哪有講啥？」黑狗嫂反駁：「我只是講伊看起來不爽快。」

「噓。」金肚說：「阿嫂，汝有什麼委屈先下來，阮都挺妳啦——」

「就是說啊，那麼高，先下來，不然連飛鼠都害怕！」矮仔粿說。

黃美美持續往前走，沒有打算停下的意思，珍珠白的腳步起伏著，像起伏的花序，輕盈得彷彿沒什麼重量，唯獨岔出的尖銳的枝椏勾住了沙籠裙襬，其上紅底金邊的印花全糅進了不確定的光影裡。黃美美的臉龐同樣有著不確定的表情，盤髮的手勢驟然停住了，肩頸抖落單薄而細碎的光，連帶嚶嚶的哭聲也顫抖著。連帶整座樹林晃盪著恍惚的面貌，嗚嗚嗚嗚，嗚嗚嗚嗚。

金腰絞著褲縫，什麼也沒說，其他人也沒說什麼。

黑密的樹叢裡迴盪著哭聲以外的各式聲響，令他們一度以為是不是聽錯了？金腰尤其聽得仔細，卻也更不知所措，畢竟只要他一開口，黃美美的情緒就顯得格外激動，幾次走至枝椏的最前端，再一步就要踩空了的懸崖姿態，看得他心驚膽顫，以為那拗折成不可思議的末梢即將折斷！

「我們這樣一直叫她下來下來，她真的有辦法下來嗎？」飛機頭抹抹汗——又冷又熱的困窘是他們此刻共通的感受——他持續追問著：「她到底是怎麼上去的？如果不知道她是怎麼上去的？我們要她怎麼下來呢？」

眾人面面相覷，沒料到這也算是個問題。

「那，就像飛鼠那樣飛下來啊，啪啪啪啪，她剛剛真的是飛上去的！一定要相信我！」矮仔粿說：「人本來就會飛啊！所以說，小孩就像天使不是嗎？等到長大一點翅膀就軟掉啦，男人的翅膀尤其比女人脆弱！所以有些女人會飛啊，飛得遠遠的，遠遠的……」剛剛，矮仔粿追在最前面，照理說應該比任何人都還清楚黃美美如何從地面移至樹梢，然而，誰願意相信一個平時就把酒當作白開水喝的人？說不定，他看見的是幻覺啊。

說不定，他們都活在幻覺裡。

金腰回頭看望那些還在施工中的石階東一塊西一片，階的兩旁安置了極為巨大的羅漢，或坐或臥、或舒眉或斂目，一路綿延至黑綠綠的林深處，日照西斜、影影綽綽，好似有千百人在林中舞動著——舞動的是黃美美的身影，此時此刻她雙手高舉，像跳水前的準備，臉上漾著碧綠的光，頭髮與裙襬皆輝煌飄揚，好一幅歡欣的叢林仕女圖——「來啦來啦，梯仔來啦！」金肚不知從哪取來鋁梯，黝黑的臉龐有黝黑的汗水，似乎搭救的不僅是黃美美，也是他們全家男性的尊嚴——「寵某多痟鬧啊！」他母親的聲音再次刺痛了他。

金腰望著身材壯碩的弟弟，當初就是由他陪同一起去異鄉娶妻、一同張羅大小事，不少人還以為他才是男主角呢。會是這個緣故，導致阿美變成現下失魂落魄的模樣嗎？金腰又下意識捏捏腿：細而變形而乏力，要是沒有當年的那場車禍，他的人生是不是會不一樣？是不是阿美比較不排斥他的身體？

「阿兄，讓我來啦。」金肚架好梯子，躍躍欲試——那是一把工地常見的馬椅梯，約莫一個人高，等同上了梯子後，還必須徒手沿樹幹往上爬——「真的不需要我來？」金肚問。金腰自顧打量著樹冠裡的人影，那雙垂掛的珍珠白的鞋子在枝葉間恍若閃爍的光，連帶赭紅裙上的印花也透亮無比，好似整個人沐浴在靜謐的霞紅中。金腰拖著腳，前胸後背濕透了，豆大的汗珠搔著他，好不容易才攀住樹杈——啪的裂開！金腰一個踉蹌往後跌！

樹棚蓋激烈搖晃，朵朵小花在半空中競相跳舞，沙沙沙沙滑進眾人張大的嘴，也跌落濕膩膩的泥地上。

深怕驚動黃美美的，他們摀住口，眼睜睜看著金腰奮力抓住另一枝椏。

「不叫警察ＯＫ嗎？」美國博低低問。

「萬一工地主任把阿美報上去，汝想結果會是啥款？」黑狗眉頭深鎖。

「我們可以想點辦法啊。」美國博說。

「現在不就在想了嗎？」矮仔粿摩娑著雙臂，好像很冷的樣子：「不只想，還做啊！啪啪啪啪，真的是，嚇死人了！」

所有人緊盯著金腰：只見他倚靠樹幹，腳步不那麼穩固的岔開，站定。想必剛剛的意外給了他不小驚嚇，他動也沒動。從他的視線望過去，黃美美背對著他坐在不遠處，纖纖的肩頸混雜了點點橘紅，橘紅淡下去低下去了，揭露出全然白皙的背影，背影底下有什麼蠕動著？金腰不斷聞見帶點香茅帶點薄荷洗髮精的混合氣味，禁不住一陣心神蕩漾。樹林外是灰藍與淡金的交融，夕陽已經墜入林子的另一端了，林子內越形黯澹起來，再這樣下去恐怕連站的地方都看不清了。

「美？阿美？」金腰試著出聲。

黃美美專注的仰起頭，露出瓷細的下巴弧線，不知側耳傾聽些什麼？

「阿美！」金腰一手抓著枝椏，一手冷不防拍往她的肩。

黃美美回過頭來，颯立，向後退，白皙的面孔瞪著冰綠的瞳仁，一頭亂髮像極了夢魘裡才有的形象——「阿美！」金腰喊起來：「沒事了……來，我們回家，我保證，我保證……」話還未完，黃美美已然退到了枝椏遠處，樹棚蓋在她背後深邃黑密，忽而翻起跌落——一天當中最後的餘光籠罩著她，勾勒出她單薄的骨架，尖削著一片片金箔敷貼似的五官，彷彿她是守護這片林子的精靈。金腰吃驚的望見她的領口打開來，酥胸微露，使人在緊張肅穆之際感到一絲絲情色的意味。「阿美……」石像似的臉龐流露出金腰所不熟悉的表情——她真的是原本的那個黃美美嗎？金腰遲疑著，想起近一個月來的朝夕相處，卻在這一刻覺得陌生異常——他看著她，她也看著他，他們像看望一樁想也想不透的夢，不是愛，也不是不愛，就是婚姻，父母親主張的婚姻……然而，他們的父母親都是這樣過來的，不也相安無事生活了這麼多年？

「可睡、可工作、可生小孩——」他再次想起那張廣告單，對於眼前這個又高又瘦、又痴又怪的女人不由憤怒起來。

「妳快過來，就要天黑了啊！」金腰嚷。

黃美美置若罔聞，背轉過身，先是欠了欠腰，緊接著上下揮舞著兩臂，像鳥禽即將飛行前的準備姿態，看看下方，又回頭看看金腰，下了很大決心似的，奮力一蹬——

「喂！」金腰大叫著，伴隨黃美美的一聲嘆息以及一聲冷笑。

所有人同樣發出一聲怪叫。他們原以為黃美美將像鳥那樣凌空而起，然而，當他們目睹她離開枝椏的瞬間，就知道矮仔粿其實只是「聽見」而非「看見」——她的的確確是個不折不扣的凡人！只不過比他們更激動、更勇於掙脫地心引力……黃美美像朵放大而蒼白而過於凌亂的花，溜溜溜溜掉下來，掉落的過程中劃出好幾道冰綠墨綠、銀亮銀輝的線條，盡是光與葉的起舞。當那沉重的滯悶的撞擊自地面響起時，漫天的花語在半空中起伏翻騰，嘩啦啦啦嘩啦啦，全數覆蓋在黃美美的髮上臉上身上，又寂寞又熱鬧，使她像個漫長等待的公主，也像個孩子——純粹嬉鬧的孩子——也像名待嫁的女兒。

這一刻，大塊的血紅從身下流出來，恍若白色花朵裡那些玫瑰紅的蕊心——

金腰喊著。他們也喊著。並且聽見矮仔粿猶不放棄的辯解：「我真的有看見她飛！真的！我沒有騙你們！」

「不信的話，你們可以去問——」

嘩啦啦啦。

妹妹背著洋娃娃

聲音什麼時候停止的，我不知道，但我牢牢記得那句溫柔的呼喊：「媽媽！」——如果我沒記錯，這是第三次有孩子對我這麼喊——多麼令人感動：來自於對「母親」這個身分的敬意；多麼令人感激：源起於對於生育這件事情的渴望。所謂懷胎十月，如果不是具備足夠的意志力，許多女人或許就此生出放棄的念頭吧？果真如此，我們將煙消雲散，我也就不會坐在這裡緊握方向盤，在這條毫無頭緒的山路裡毫無頭緒的繞行。更重要的是，我不可能聽見孩子的叫聲——「馬麻。」——多麼真誠又多麼任性的嗓音，瞧那粉嫩嫩、肉墩墩的臉龐，短而圓的指節，怎麼會這麼可愛呢？怎麼這麼香？我繼續繞過下一個彎口，希望可以找到安心的方向。也就是指向碧雲寺的那個路標出現時，眼前轟的閃過幾輛機車，太突然也太迅速了，以致我的輪胎和喇叭尖叫起來。但對方不以為意，朝我比了抱歉的手勢，唯獨後座那個女孩回頭瞪我瞪了好一半晌。隔著冷灰的擋風玻璃，我不好意思笑了笑，並不迴避她的目光，直直盯住她，期望有機會告訴她：要記得母親的眼睛啊，母親又濕又黑的眼睛躲在低低的光線裡，彷彿洞穴中的小獸張望這世界，瞧得世界都暗下來了。我喃喃自語：我會把妳撞進那黑暗世界的。孩子，我真的會啊。總有一天，會有陌生人把妳撞飛，妳知道嗎？孩子。孩子究竟知不知道母親的心情呢？細細的鼾聲把車子也變成夢了。孩子睡著後，軟綿綿、胖嘟嘟的氣息蒙上玻璃窗，車內盈滿草莓蛋糕剛出爐的甜暖。三月天，一切都很粉紅的季節，讓人忍不住想咬一口，讓人忍不住躁動——但我必須忍耐，我必須忍耐不是嗎？忍耐結婚以來始終被追問：「為什麼還沒有小孩？」「為什麼頭髮剪得這麼短？」為什麼——必須成為母親？成為母親之後，然後呢？就看著他長大啊、念書啊、工作啊——然後呢？

「為什麼妳要問這麼多然後？」聲音不耐煩的：「妳就不能有耐心、有愛心一點嗎？」

「是啊，妳是在叭什麼叭啊？」機車後座的那個女孩終究靠了過來。

「妳——」我遲疑好一會，搖下車窗，女孩似乎有些吃驚。

她掐住男孩的肩膀：「笑什麼啊你？」

「有什麼好笑的？」女孩嬌嗔，男孩聳聳肩，側頭瞟了我一眼。

「喂，好好顧好孩子，不要在那裡叭叭叭啦！」女孩笑嘻嘻的，長長的眼睫投下長長的暗影，手中握著的什麼縮了回去，抱緊男孩嚷：「走啦走啦，看什麼看，走啦。」

男孩又瞧了我一眼——有什麼東西嗎？我的臉上？

男孩豎起大拇指，走了。

我注視著他們漸行漸遠的身影，笑得像條路，彎彎曲曲、搖搖擺擺，在那之後，會不會沒有路？路必然接著另一條路嗎？我把噴霧劑緩緩放下來，久久沒有移開視線，久久，不由自主的顫抖著。為什麼孩子就是不能好好說話呢？為什麼他們老是笑？孩子的笑有時可愛，有時煩人，但他們的眼神通常是分明的，分明的純真與頑皮。我側過頭看看孩子，她睡得可真熟。她也做夢嗎？夢見什麼？這樣一個洋娃娃似的小公主呵。幾個小時前，當她突然從車門外闖進來開口對我喊：「馬麻！」光是這句軟呢的稱謂，我便下定決心，自那一刻起我必須成為母親。為什麼不？一直以來不是這麼被期望嗎？況且，孩子坐在後座說了好久好久呢。說今天鋼琴老師好混喔，一點進度都沒有；又說：「馬麻，妳今天髮型好像不太一樣喔？」接著一面吃巧克力，一面繼續說：「鋼琴老師今天穿得很漂亮，林心雅說她『可能談戀愛了！』——馬麻，什麼是戀愛啊？」「噓——」小孩子怎麼可以說這些呢？車子繼續往前開，音樂漸漸強起來，然後孩子就發現不對了，那情景恍若第一次——好幾年前的事了——那一次，孩子同樣興沖沖對我喊，但很快就意識到上錯車了，於是我們僵持了好長一段時間。剛下班的路上到處的車與人，那個冷靜而聰明的孩子說：「我要下車。」我說：「這裡很危險。」她說：「那妳剛剛為什麼不停車？」我說：「那裡也很危險。」她說：「如果是我媽媽，她就會停車。」因為這句話，我不得不回過頭，沉默的看著她。那時候車內的氣味很接近柿子餅的糖霜，白的甜的，極其適合治療孩子的咳嗽或氣喘。那段日子，我幾乎是靠氣味記憶，也許是因為心裡有事，目光不清吧。「所以妳要坐好，免得危險。」孩子聽我這麼說，害怕起來，眼淚在眼眶裡轉著轉著，不讓它掉下來。

「妳，不必忍耐啊。」我說。

這麼說的同時，想起鐵盤上的女兒。濡膩膩的髮絲服貼於帶點透明粉紅的耳朵上，蜷著的手勢遮住半邊臉，似乎很怕光，像條瑟縮的魚，或者彆扭的小猴子。「別哭了別哭了，也要情，也要緣啊。」聲音營營的，聽在耳裡像夜裡摩娑的粹繚，或者清潔時必然逸散的消毒水，都是不著邊際的舉動與氣味。我望著診療間必然的慘白，漏水的冷氣機噴發小水珠，落到額庭涼涼的，滑到眼角像淚，連帶我的心也涼涼的。那是我的第一個孩子，哭聲還來不及維持更久，更久，死了。死得非常孤單，靜靜躺在那具冰冷的長方形鐵盤裡，像準備端上桌的一道料理，黏糊糊、紅乎乎。「我要下車。」那天那個孩子說。後來，我還是讓她下車了。她下車的瞬間，彷彿也就是女兒決心離開我的瞬間。我想，如果我的孩子沒有提早面世，是不是現在也和她一樣聰明冷靜？是不是也會嚷：「馬麻，好餓喔，什麼時候才能吃飯飯？」會不會和我頂嘴？目送她下車的那個傍晚，天際浮盪著少見的冰藍雲堡，風雨欲來的前夕，學生裙在她的腿脛上一起一伏，像搖晃的那些情緒。為什麼我們必須成為母親呢？為什麼所有人都苦口婆心：「沒有孩子的住所，不是完整的家？」誰知道？黑夜白晝，食衣住行，未必有絕對的理由，也就是活著，目睹另一個生命的逐步長成、痛苦、快樂……所有的全部，還有什麼是我們不知道不明白？還有什麼值得揣測？去日苦多啊。儘管如此，還是想要有一個自己真真正正的孩子。

還是渴望聽見那一聲：「馬麻。」

所以，當第二次又有孩子上錯車、叫錯人時，我就不那麼輕易放她離開了。我說：「妳知道妹妹背著洋娃娃怎麼唱嗎？」孩子睜大著眼說：「我知道我知道：妹妹背著洋娃娃，走到花園來看花……」然後呢？「娃娃……娃娃哭了叫媽媽，樹上小鳥笑哈哈……」孩子真的笑哈哈，有麥當勞吃的孩子通常都很開心的。「妳確定嗎？」我說：「不是花上蝴蝶笑哈哈？」「不是喔，」孩子說：「老師是教『樹上小鳥笑哈哈』。」「那老師有沒有教不可以亂吃陌生人的東西？」我理了理她的額髮。她搖搖頭：「妳看起來不像壞人。」「那我像什麼？」我問：「還要吃什麼嗎？有吃飽嗎？」孩子沒理我，自顧舔著手，手上的番茄醬看來很具危險的意味，但孩子渾然不覺，嘖嘖有聲舔個沒完。「那妳有沒有想過，妹妹背上的娃娃怎麼會叫媽媽呢？」我為她擦去嘴角的紅漬：「娃娃會不會是被附身啊？」我張著指爪，迫近孩子。孩子先是咬著薯條，有一片刻不知該先吃了它，或者先哭，她看我看了好一半晌，最終哭了起來，哭得非常傷心：「我要找馬麻！我要找馬麻！」「我就是妳馬麻啊。」我哄著她：「別哭，別哭喔，馬麻保護妳。」「妳不是我馬麻！妳是壞人！」孩子掙脫我的擁抱：「壞人！」我怔忡的望著她，像看著活過來的女兒，她揮舞著小手小腳對我說：

「痛痛，馬麻，為什麼妳要讓我痛痛？妳不是說妳愛我嗎？」是啊，我是愛她啊，可是我沒有退路，我也有該去的地方，該前進的方向，我不能被她困住……「那妳為什麼不帶我一起走？」女兒問。「妳為什麼要打我？」孩子問。孩子摀著臉，大吼大叫：「妳不是我馬麻！妳不是妳不是妳不是！不是不是不是！」也許，持續了一分鐘或者幾分鐘吧，我不確定打了孩子多少下？我只記得一面打她，一面對她說：「妳不能走喔，妳走的話，娃娃就會被附身啊，妳也會被惡魔附身！」

娃娃樹上笑哈哈。

為什麼洋娃娃會笑呢？這首〈花園裡的洋娃娃〉，仔細想，怎麼這麼陰森啊？還是說，我的想法變得陰森了？我是個陰森的母親嗎？後來的場景，我只記得用抹布輕輕拭去置物櫃上的血——也因此，後來我明白，要擁有孩子，必須先讓孩子安靜下來。安靜下來的孩子多麼馴良啊：臉龐透散著粉紅色的光澤，圓滾滾的小手小腳好似米其林輪胎，小嘴「呃」的打了聲嗝……孩子說的那個鋼琴老師究竟長得什麼樣子呢？想必是長頭髮的女人吧？長頭髮女人！孩子怎麼可以接近那樣的女人呢？所有人剛出生都是沒有頭髮的啊，長頭髮的女人打算引誘誰呢？我看著孩子的額髮，微微冒汗的兩鬢有著黑軟的髮鬚，襯得膚色更形白皙，皙白的光度滑下來，車內籠罩著午后小憩寤寐之間汗涔涔、黏膩膩的氣味，像躺在鐵盤上的女兒，一身的餳澀，面目都沉到透明的粉紅的什麼之中了。那就是愛的結晶嗎？如果有愛的話，為什麼此時此刻是我載著孩子在這山裡，漫無止盡的前行呢？她跑去哪了？還和那個長頭髮的保險員在一起嗎？她能給他什麼保險？保障愛，或者保障母親這個身分？他們的女兒會否躺在冷冰冰的鐵盤上，像料理之後的廚餘？

聲音真正停止的時候，我發現車頭撞上了彎口的那排護欄——孩子呢？我側過頭，急忙搜尋著她的蹤影，望見她蜷在不遠的石子堆裡，襪口蕾絲隨風擺盪，像風中瘦弱的花。她哭了嗎？她會覺得我是失職的母親嗎？我吃力的想撐起身，一隻腳卻卡在油門上，越是掙扎，越往下陷——為什麼要讓同樣的場景重複上演呢？不，我絕不允許再讓女兒孤孤單單！我一定要離開這裡，離開這個牢籠似的空間……破碎的後照鏡裡，映照出我吃力掙扎的模樣：白髮，皺紋，眼角星垂，咧嘴的表情缺了個洞……這是我嗎？不，不可能不可能！曾幾何時，我竟變得如斯蒼老？是車禍，肯定是車禍造成的錯覺！只要再用力一點，我就可以去到女兒的身旁，我就是母親了。我怎麼能夠再次失去她呢？「乖，別哭喔，別哭，待會帶妳去吃麥當勞唷。」我記得最初哄慰的那個畫面。我記得那個畫面裡的自己。母親的眼睛呵，殷殷期盼的心情啊，孩子能懂嗎？孩子何時會懂？在那浮塵飛升的光線裡，在洗衣粉氣味盈滿的屋內，模模糊糊中，我看見母親甩甩微濕的手，吁口氣，像結束一場極累極累的奔跑似的，摸摸我的頭，和我坐在門檻上，看望屋外那排羅漢竹輕輕搖晃，洞穴裡的小獸似的目光，母親看望我、理理我的額髮，那樣輕柔、那樣憐惜的，突然搧了我一巴掌。

突然間，眼前再次閃過幾輛機車，後座的那女孩回頭看我看了好一半晌。緊接著，吶喊才像孩子披散的頭髮，又黑又軟的迴盪在這山谷中。

比桔梗藍更藍

眼看歷經朝九晚五、戰戰兢兢的日復一日，終於熬到了行將退休的關鍵年限，「失業潮」仍是父親心頭揮之不去的憂懷——早在幾年前，父親便深受裁員威脅，所謂金融風暴鋪天蓋地，誰還會惦念這些資深員工曾經締造的美好？更遑論全球氣候異常，導致原物料波動影響股市乃至薪資起伏？

因而當晚，父親鄭重宣布：「從今而後，將以公司為家。」

對此，母親與我、我弟弟，我們又是感激又是滿足。畢竟家裡的經濟向來仰仗父親，而父親也始終盡心盡力——想想那些專程接送我們上下學的千里迢迢，父親頸後糅雜了止汗劑與洗衣精的氣味，那樣乾淨而溫暖的背影呵——「所以，」母親不愧是吃過苦的女人，欣慰之餘不忘告誡我們：「莫說這是恁爸爸該給恁的，後擺要更打拚讀冊欸，知否？」

我和弟弟點點頭，崇敬的望向細嚼慢嚥的父親，期望未來也能夠像他一樣：積極、盡責，並且優雅——瞧瞧那一根一根整齊排列的魚刺——似乎自有印象以來，父親就是這般從容、沉靜，除了憂心無法帶給家人溫飽外，從未見他皺眉不耐，抑或粗聲粗氣，儘管根據我二叔說，年輕時父親也稱得上是我們牛頭埔一帶最體面的「踢跎仔」囉，「歸日跟人荒騷，風火倒咧！」二叔嘆：「哪會想到，草地親戚沒借問，今日卻變得輕聲細語，不輸一個讀冊人？」

這樣一位顧家的父親，當他說起「將以公司為家」的決心時，我們都當作那只是他克盡職守的一次宣誓抑或面對中年可能失業的壯膽行徑。事實上，父親早就以行動證明這點：無止無盡的加班、應酬、再加班、再應酬……仔細想想，他待在家裡的時間遠比辦公室少，面對電腦的片刻總忍不住統計財務報表是否正確……也難怪弟弟在國小作文簿裡曾經這麼寫著：「星期天的爸爸是兩隻腳丫子，它們黑ㄑㄧㄑㄧ的躺在床上，像黑ㄑㄧㄑㄧ的夜，和我相對……」是啊，父親睡覺。父親洗澡。父親閱報。父親有許許多多必須處理的事。好幾次，父親下了班猶指尖敲著褲緣作勢打字，兩眼充滿血絲好似等待解讀營收走勢圖。所幸，無論忙到多晚，父親都會親自前來為我們蓋妥被子、親吻額髮，偶爾留下幾條我們愛吃的巧克力和幾首片段的歌。

也因此，父親徹夜未歸的那天，我們不由一驚：怎麼回事？迄今，我仍記得那個寒流來襲的清晨，當我穿戴整齊走至大廳，母親鎮定的說：「恁爸爸昨暝沒轉來。」我一時沒聽清楚，又問了一遍，揣度著母親是不是正在氣頭上，所以隨口說說？抑或長年以來，目睹上一代婚姻不睦（我外公娶了二個老婆）所造成的不安全感所致？回想從前父親應酬晚歸，母親盛怒之下拿刀相向，嚇得父親打電話向外公求救……

（還記得父親打完電話後，一面安撫我們睡覺，一面皺眉說：「新媽媽……我帶恁去找新媽媽好嘸？」）

「恁爸爸連一通電話都沒。」母親說。

洞穴般的客廳裡，母親顫抖著，彷彿下個沒完的雨滴落在她的肩頭。

「從昨暝，電話就一直打不通——」母親的聲音平平的，注意到我準備拿起電話的手勢：「攏打不通！」母親抱胸弓背，灰撲撲的表情隱匿在灰撲撲的天光底。有一片刻，沉默浮升，雨聲滑進我們的胸口，也滑入香炷裊裊的神主牌前，連帶牆面生出軟薄的濕露，倒映其上的影子也蓬鬆無力。

我連忙安慰母親：「也許是喝醉了，等一下就回來了——這幾天不是尾牙嗎？」

我說：「以前都是這樣的嘛，晚一點，晚一點應該就回來了。」

弟弟也說：「擱不是三歲嬰仔，要安怎轉來擱要人教？」

且說：「之前攏有轉來啊，代誌總是要有第一擺嘛。查甫郎交陪應酬，應該嘛。」

「不過，伊昨沒講伊要應酬啊。」母親抹去眼淚。

「伊就不能臨時有約麼？」

我瞪了弟弟一眼。

母親還想說些什麼，我握緊她的手說：爸一定會回來的，我們再等看看，我們——「沒效了，去了，攏去了了沒彩工了……」母親嘆口氣，似乎早了然於心：她的丈夫——我父親，從今而後不再回家的事實。

父親，當真以公司為家了嗎？我詫異著，無從明白母親何以這麼篤定？莫非這是與父親生活多年來的洞悉？也許不，也許早在事件發生之前，她便預知了將有這麼一天的到來——再怎麼說，父親從來不是嚼舌之人，否則，怎會為了餐桌上的一句「宣誓」而徹夜未歸？對此，許多人無可置信：「將公司當作厝裡？那是要安怎洗身軀？呷飯咧？每天呷便當喔？」他們七嘴八舌：「暗時要睏哪？」他們甚至懷疑我們是否為了某種目的而編造故事？（不少人冒出那句冷笑話：「『全家』就是『你家』！」）漸漸的，他們收起質疑，開始提出建議：「報警啦！叫警察給伊抓轉來！」「不然去法院告伊啊。」「這是惡意遺棄耶。」但最後，他們紛紛放棄了。再最後，他們心照不宣的認定父親是「頭殼壞去」（他們委婉的說：「可能太累囉，腦筋斷斷去啦。」），並且衍生出更直接的說法：

「咁會是，外面有查某？」

對於這點，我可以作證「絕無可能」。因為父親再也沒回家的初始幾天，我曾經到過辦公大樓找他，每回皆無功而返——並非沒見著父親，而是父親始終保持微笑——我問他：如何捱過沒有浴室也沒有床鋪的生活？他笑而不答。我還問他：為什麼不回家？何時回家？他依舊抿嘴笑。我再問他：是不是打算在公司長住？是不是，打算拋棄我們？父親突然激動起來：「我沒有！我真的沒有！」

我試著打量父親：頭髮一如往常優雅妥貼，唇上乾淨，襯衫領口逸散熟悉的止汗劑，無從想像他已不分晝夜在公司待上好幾天了。我納悶著，莫非這就是警衛口中「從沒離開過公司」的父親？他當真足不出戶？這類以公司為家的舉動，難道未嘗對公司營運造成重大影響？

聽我這麼說，大樓警衛面無表情的拿出一張表格：「先生先生，如果您要申訴可以按規定程序填寫單子，我們會盡快為您轉達。」他指出，這棟大樓的員工可憑證自由進出，「你愛加班到幾點就加班到幾點，我們二十四小時隨時開放！」對於我的提問，警衛不理不睬，隨著我去辦公大樓的次數越來越多，他以朋友的身分表示：「想想看，現在是什麼景氣！」下班後的大樓隔間瞬忽靜默，各處呈現出打蠟過度而摻雜著清潔劑與極地冰冷的寂寥感，映照黑底燙金的企業標幟，倒影細長，蛇移在地板上。我急急走向會客室裡的父親，只見他雙手在空中拈著畫著，似乎正計算些什麼？

從這棟辦公大樓的設備來看，根本無法提供夜宿者額外的起居所需，那麼，父親究竟怎麼辦到的呢？這些日子以來，他如何保持西裝頭白襯衫領帶？

「爸爸，」我說：「我們已經在家裡等你好久囉。」

父親停下手勢，露出職場特有的客氣微笑：「好，好『酒』！等我拿到退休金，我們就好好喝一杯！」

「爸，我們都很想你……」

「我也很想退休金。你們放心，我一定會拿到的。」父親繼續笑著。

「我一定不會辜負你們。退休金沒有問題的。」父親堅定的說。

我注意到父親的手腕纏著紗布，鮮紅的血漬意味著傷口剛被包紮。

「爸？」

父親沒有理我，他揮揮手，示意我趕緊回去，隨即沒入更為冰藍、更黑暗的電梯底。

也就是從那天起，我們陷入追索父親離家前之種種，期望理解哪個細節或元素是他決心的關鍵？我們揣度著，莫非是這學期學費漲了？抑或弟弟吵著要買平板電腦？或者不久前，母親隨口說了一句：隔壁王太太的TIFFANY真美真大方……我們曾經說了什麼、做了什麼、寫了什麼，否則為什麼父親要對看似無關痛癢的一句宣誓付諸行動呢？

我回想著，那天父親準備上班時，是否記得帶傘？是否穿得夠暖？降血糖藥帶了嗎？身上穿的是深藍四排扣西裝抑或雙排扣風衣（母親篤定是後者，但在公司會面時，父親穿的卻是一件三排扣鼠灰獵裝）？我們惶惑不已，彼時剛吃完早餐的父親是否飽足？轉身的剎那想起了什麼？我們逐一細數，無從習慣父親終日缺席的虛空。

此時此刻，那張他從前經常用來閱報的桌子浮了一層灰，灰墨浸潤的客廳底，我坐在母親身旁聽她長吁短嘆：「無冤無家呐。」母親怔忡的盯住那張婚紗照，在攝影師的要求下，年輕的父親踩小板凳足足高出母親一個頭，以致畫面的構成是常見的「良人有靠」。在這個於她而言再熟悉不過，而今折散天光，每一事物皆投下素描似的暗影的大廳底，母親和我們揣度著父親的一切。她抹了抹眼，眼底分不出是悲傷或憤怒，靜靜靜靜，鼻息細微，靜靜靜靜，沉酣的夢境是一場斷續的淚。

母親累得睡著了。

我為睡著的母親蓋上外套，設想母親與父親的情感。儘管看在鄰居眼底，都以為我們這個家是母親做主，但事實上，只消一隻壁虎或蜘蛛，便足以使母親臉色煞白，更遑論掙扎於黏鼠板上的幼鼠——有幾回，我甚至聽見求饒的尖細聲從屋後傳來——每日清晨，父親拿沸水澆淋於那些猶存氣息的鼠輩，引來母親驚恐的淚水：阿彌陀佛，阿彌陀佛……

其實，父親才是這個家的掌握者。

「就是講，擱不緊把恁爸找轉來？一個家哪可以沒有戶長？」親戚們偶爾見了面，仍會想起什麼的補上一句。

「要報派出所啊。」大舅說。

「後擺這間厝要怎麼辦？」小叔說。

「你們真的都想過了？」三嫂說。

想當然，該試的方法都努力了，包括向公司反映、親情攻勢、民意代表施壓（礙於面子，母親反對報警——況且，警方有何權力處置一名未歸的父親呢？也因為礙於面子，司法的程序更不考慮了）……但，全盤皆敗。公司主管向我們說明，根據監視器畫面，迄今從未有人在半夜的辦公室活動，更遑論「以公司為家」了。

「雖然，敝公司辦公室對內二十四小時開放，但從來不鼓勵員工熬夜加班。」經理說：「對於令尊的問題，我們只能表達非常遺憾，查無異常。」

確確實實，揆諸母親的銀行戶頭裡，每個月照例有父親的匯款，這說明了父親的經濟來源的穩定。而從父親的存摺裡，也未發現有任何異常的提領狀態，且月薪固定於每月十號匯入。因而，我和弟弟只得再去懇求父親，期望他能夠和我們一同返家。我們走入那棟覆蓋玻璃帷幕的現代化大樓，一如往常在會客室裡與父親碰面，但也一如往常，父親既未答應也未否定我們的請求，只給了我們客氣的微笑，過程中緊盯那一企業標幟，反倒是母親堅持不願見父親一面。

她說：「如果他想回來，他自然就會回來！」

那時候，有大半時間母親皆蜷縮於父親的書房底，任憑罕見的大霧滲入眼瞳，模糊的濕潤的空間暈開來一盞燈，燈下有她抄寫的〈心經〉，文末寫著：願以此功德，回向給幸男（我父親向來不喜歡他的名字）。那時候，我們才明白：母親原來這麼需要父親。光照暖烘，梵音裊裊，嚴冷的冬天彷彿生出一場呢喃的夢，米黃色羅馬簾輕輕搖盪，父親的書房裡有母親深切的思念。

但夢境終究是與現實是相反的。尤其奶奶聽聞消息後，非常不悅道：「查甫郎就是要拚，沒拚沒飯呷！」我奶奶質疑：「伊咁有給恁餓到？伊咁有給恁寒到？彼當時，恁阿公也是罕日轉來，成天攏睏在店裡，咁不是？伊也是有寄錢來，咁不是？查甫郎就是要出去拚啊。」從父親按時匯入的生活費來看，他確實沒有忽略我們——有時在我和弟弟生日的當月，他還會多匯幾千塊——也因此，我們內心承受了巨大的不安：當真是我們拖累了他嗎？是因為我們，所以他無法安心退休？他打算藉此向我們表達抗議？或者是不是，我們太沒用了，無法替他分擔賺錢的壓力？

不可能。母親斬釘截鐵。

好面子的母親始終沒有將此事告知朋友，更不准我們向親戚提及，只當父親出遠門「重新尋找自己」（有一陣子，母親看了許多勵志書與心理學，心情穩定不少，常把「智慧」二字掛在嘴邊）——雖則，所有人最終都知曉父親的情況，但母親依然堅持，他只是「充電」去罷了，總有一天，他會再回來與我們共度日常生活，他會像從前那樣，帶著我們走經公園、走經長長的海岸線以及氤氳漫漶的爬山時光。

儘管我們這麼安慰自己，但每當有人問起：「啊恁爸爸最近啥款？」我們仍不免一驚——那意味著父親已經許久沒出現在這個家了。他到底怎麼在辦公室裡度過他的每一天？他睡哪、吃什麼、穿什麼、看什麼……我們完全一無所知！每每提著便當到辦公大樓找父親，照例是一襲白襯衫領帶西裝頭，乾淨的模樣一點也看不出「他從未離開公司」。

對此，大樓警衛豎起大拇指道：「沒有人比他更拚了！」（為什麼他沒引起公司注意呢？）

「他厲害啊！」警衛自豪著：「要是公司多幾個這樣的員工，還怕賺不到錢嗎？」

我們非常憤怒，多次向公司提出申訴，但公文上的內容與主管說明皆大同小異：「查，台端令尊未曾於夜間執勤，亦無台端所述『以公司為家』等情事。敝公司向來未強迫任何一位員工行夜間執勤之實，更無強迫住宿等事宜，盼查照為荷。」

所以說，父親到底怎麼了？莫非如那些人所言：「精神錯亂」？那些固定的薪資匯款又該作何解釋？好幾次，我們坐在餐桌前，一同回想與父親相處的點點滴滴，竟想不出他的嗜好？甚至說不上來：他愛吃什麼？他穿衣的品味？那些與父親相處的全部彷彿是場夢，夢裡的父親照例安靜把魚吃完、安靜喝湯，等我們一抬頭，這才赫然發現空有骨架的魚頭生出父親的臉——

為此，我們深深自責：他在拚老命啊！憑什麼我們坐視父親獨自在外奮鬥，卻好整以暇過著衣食無虞的生活？我們痛苦著，不斷質疑自己：做錯了什麼？說錯了什麼？否則為什麼父親堅決不回家？一次又一次，愧疚的心情成為旋起的塵沙，沙洲風景，我們摸索著、思考著，徒留滿臉滄桑。

最終，我們意識到，能夠消除我們內心不安的，唯有求得父親的諒解，以及堅定告訴他：回來吧。我們願意共同分擔他的經濟壓力。

那一刻，我站在人行道上——乾淨的街道滿布落葉，車子每一經過就要奔跑那麼一下，平添這個城市越發不合時宜的新舊交替——就著灰濛濛的天色看過去，到處是大興土木的裸露鋼筋，唯獨父親所在的那棟辦公大樓透散著各式光澤：時而冰綠，時而冷白，最終流入深邃的桔梗藍底。自從這棟大樓竣工以來，這一帶的諸多事物便改換了樣貌：人人腳步匆忙，擅用都會人的手勢，並且習於各式各樣的科技術語。每每年輕人望大樓興嘆：「要是能在裡頭工作，那該有多好啊。」大樓年年翻修、與時俱進，成為後現代喜於架設玻璃帷幕幻異若夢的建築外觀，終年投射著另一棟大樓的暗影，標示了這個城市從無到有的勃發，也預示了科技設置逐年凌駕傳統建築的趨勢。

我牢牢盯著這棟大樓，想起第一次至此尋找父親：那名長髮女孩引我走進會客室，現場幾位或坐或站的男人無精打采，但門把一動，個個莫不挺直了背脊。

「你要找誰？」其中的矮男人說。

「哦──那你有得等了。他們就只會叫我們等。」另一個胖男人說。

「大公司嘛。」皮膚黝黑的說。

「等等等！不輸在玩MSN咧，等等登──」高個兒說。

「你聽我說，要有耐性，他們就是要我們等。」胖男人說。

「叫警察也沒用，因為警察也要等。」皮膚黝黑的說。

「你講阮等多久？嘻嘻嘻，這個少年仔實在有夠古椎。」

回想起來，那些男人的表情一如魚類：嘴巴一張一合，眼睛圓睜，恍若水族館隔著強化玻璃的不確定感──那時候，未嘗料到日後的自己也將展示這類強自鎮定的表情──那時候，弟弟已經不再念書了。他說，他再也無法忍受日復一日壓在心頭的罪惡感：父親工作，我們花錢，難道這就是我們只能做的事？難道我們這輩子就該為了這件事困在這裡？除了反省與檢討之外，我們就想不出更好的辦法？

在一個喝了酒的夜裡，他這麼嘶吼著：「伊根本就是要咱起痟！伊是調故意！痟仔，痟仔！」

來不及摀住他的嘴（我深怕母親聽了傷心），弟弟已經一股腦跑出門去，直到此刻我寫下這個故事，他仍未回家──我憤怒著，他怎麼可以這麼自私？他怎麼不想想，父親還在那棟辦公大樓奮鬥啊！他在拚老命哇！我們怎能拋下他一走了之？再怎麼說，是我們該向他伸出援手，告訴他：爸爸，是您享清福的時候了，是我們要賺錢養家的時候了，不是嗎？

那時候，母親的身影縮得更小更小了。她不再強悍也不再抄寫〈心經〉，客廳裡經常懸浮著似有若無的語調：「去了，攏去啊……」頓了頓：「去啊。恁爸爸……攏無效啊。」終究，母親也變成沉默而固執的女人，獨來獨往，好似父親那樣——不，不可能！她絕對沒有父親的決心！她也沒有父親特有的溫柔……有時，她會語帶懺悔的說起，那年還是新婚之際，卻念念不忘初戀……

我抱著母親，像抱住一隻幼獸，安慰道：沒事的，沒事的，爸爸就要回來了。

「伊沒轉來……」母親帶著鼻音：「連一通電話攏沒。」

我說，爸爸努力工作也是為了我們好啊。

「電話攏打不通。」

可是爸爸也沒有亂跑嘛。

「咁會是……」一如挑開指甲邊緣，露出既柔軟又粉紅的驚悚，母親幾乎要脫口說出那個字眼的同時，戛然而止。

我猛然意識到，多久沒見上父親了呢？距離前次在會客室裡與他面對面，我還記得什麼？他是否比原本變得更老？是否仍穿著那件白襯衫？是否依舊客氣的對我笑？我們是怎麼斷了聯繫的？我的記憶何時變得這麼糟？我翻出那本陳舊的存摺，分不出哪筆才是生活費、哪筆才是父親的薪資——我的視線開始像父親那樣，無從聚焦，無從濕黑而炯然——也許是年紀大了，我想，今年我幾歲了呢？我這樣反覆思索父親「缺席」的日子已經過了多久？

眼前的大樓持續透著光，淡藍瑩澈，如黑墨裡高傲的一枝桔梗，也好似一支巨大的捕蚊燈。父親想必正在裡頭奮力工作吧？儘管如此，我還是堅信著，總有一天轉醒時分，父親會坐在床頭，像從前那樣溫柔：要吃雞蛋糕否（他始終把我們當作孩子）？然後父親洗澡。父親閱報。父親記帳。無論多晚都來為我們蓋妥被子、親吻額髮，不時留下我們愛吃的巧克力或者幾首斷續的歌。

日復一日。

日復一日。根據那些目睹過父親「工作現場」的人們說，他總在辦公室裡挑燈到半夜，並且永遠穿得像個職員那樣……「然後呢，他睡哪裡？他吃什麼？」我追問。他們聳聳肩，不置可否，甚至開始逃避我的眼神。事實上，我知道沒有人瞭解父親是怎麼生活的？即使每天在那棟大樓外守候，也只看得見他的辦公室窗口發出淡藍色螢光，那不同於桔梗藍，而比天空更藍——父親曾經好好看過天空嗎？

他還記得我們嗎？

而我，我又何嘗看見父親以外的事物？自從他不再返家後，我記住什麼做了什麼？我思緒紛亂想起那些遙遠的從前：歡快的遊樂園裡，父親仔仔細細的數錢，數一枚枚銅板（那時候，他的薪水少得多麼可憐啊），被風吹得鼓脹的褲管底下露出蒼白的兩條細腿……或者某個尿急驚醒的夜底，懵懵懂懂聽見睡在隔壁床的父親與母親，他們極度壓抑且激動的喘息……那時候，母親還做噩夢嗎？父親呢，父親都夢見些什麼？

此時此刻，我已不太思索父親如何照顧自己了。我一心一意盯住他的辦公室，揣度著該如何將他帶回家？有人說，我正在成為那個年紀裡的父親：終日寡言，卻心細如髮；木訥，卻躁動。我沒有理會他們，因為我明白，現下的父親即使出現在我的面前，也未必是從前的那個父親了。

在這座辦公大樓前，我只是靜靜的靜靜的，注視著鑲嵌了高科技燈光的外牆，那些反反覆覆更勝桔梗藍的光度變化，它們在夜空中像海浪推移，浪頭很重，極其緩慢而巨大的律動使人有一片刻以為腳跟離地，載沉載浮——

即將滅頂的父親呵。我仰著頭，站在另一棟正在興建的大樓裡，打量著那棟淡藍色大樓的彼端：那間辦公室，辦公室裡的父親動也不動坐著，桌面空無一物——我的桌上亦空無一物，而四周有許許多多陌生的人同樣注視著窗外——他們和我一起注視著不同的父親。

我們沒有說話，也沒有離開，各自微禿的額庭又濕又亮，任憑嗤嗤閃動的大樓電藍波紋投在面無表情的臉龐上。

我和他們——我們。

我們，已經許久許久許久未嘗回家了。

青春相思

青春鎮裡的青春是荒蕪裡的掙扎。

碩壯的根莖撐開了路，氣鬚不斷生長，一株過山貓沾了血色斑斑。

腥羶的氣味穿越每一戶人家，三姑六婆輕笑其上，細睇的眼睛篩落的光，流言紛擾，長舌九姨咧咧嚷嚷這一季的木棉怎麼還像個小姐還沒有老？團團的花朵爭相探出牆外，蕊心朝老舊的標語奮力招搖——掙破頭了！生命在這裡未嘗停擺，光線依舊明亮，黑魆魆的林蔭拉出一條條闇影，「嘩」的跌落一隻黑貓，成千上萬的肥蛆頓時漫天彈跳！

天色渾沌，鎮的邊際落下極大極重的砂礫，迅速吮食貓屍汩汩湧出的粉紅汁液，破碎空洞的眼神更顯破碎，宛如須臾凝脂的高難度寶物。

她站在屋前，目睹這一幕衰敗，從第一個鏡頭開始便註定老去——十八歲獻出童貞，二十歲邁入禮堂，二十歲以後生活到老，明白肉體上的歡愉是某年某日的領悟，愛情很早就陷溺在柴米油鹽醬醋——吃喝拉撒、洗手洗臉洗澡洗廁所——這鎮上的時光似乎正以一種駭人的速度前進，小女孩踏入雜貨店裡吵著買糖，出來竟已頭髮星白；男人瞥了一眼清涼海報，「轟」一聲背駝腰僂，口水拖得好長好長！

長長的街堂滯悶且熱，一落報紙跌至街心，翻到好幾個禮拜前的一頁，說是蕭大美人終於結婚了！奶油小生不是同性戀！大師昨晚割掉攝護腺！

強風陣陣，報紙啪啪穿越馬路遮住布告欄新漆的四個大字，底下一張紅紙潑墨寫著：「返鄉探親，一通電話，保證到家！」「十八萬包處女，可退！」「可睡、可生孩子、可工作——為什麼你不結婚？」陽光自街角轉身離開，昏闇爬上女學生的雙腿，流雲飛散，街燈忽明忽暗，天與地的交界燃起滿天晶亮的點點企盼。

一天就要這麼結束了。

等到日頭沒入鎮上唯一的一家旅社招牌，巷口將升起炊煙裊裊，但那無關乎飲食，而是生活——生活多麼艱難？她坐在大廳裡任由煙霧燃燒，直到四周黲暗蒙上灰澹的眼珠如墮入一則幽微心事。然後她步出屋外，買回一碗湯板條或一碗魯肉飯，然後，就著一只微弱的燈泡和一隻虎斑貓共進晚餐。

這小鎮，還會有誰前來這多霧之地造訪呢？

「嫱！」小女孩喊。

窗外樹影搖動。

「妳的筷子，」小女孩指指她手裡的衛生筷，「妳拿到三支筷子了。」

「人家說，一次拿到三支衛生筷的人，最近會發財。」小女孩又說。

欸，細人愛煞猛讀書。她眼睫低垂，輕輕抽掉其中一根筷子，匡啷匡啷拌起飯粒碎肉，不斷意識到指間一只金戒碰撞著另一只金戒。

誰不愛發財？這鎮上每到月初，人人捧了存摺到郵局銀行排隊，為的是一年半載那一點零頭小利，所謂「少壯不努力，老大徒傷悲」，人們以此自勉，並且深切實踐。

而現在，方式不變，肥的卻是彩券商的笑臉，稍有生意頭腦的人看準了這點，邀她合夥開店，被她拒絕了；王小兒科建議她投資靈骨塔保值，她也搖搖頭；再不然，馮師娘勸道，家庭代工好歹貼補貼補生活……她統統笑而不答。

最初的時候，她就明白，鎮裡的傳說才是她唯一的追尋，除了年華之外她不顧一切。往往夜裡驚醒，看望鏡中依稀可辨的容顏，眼角的細紋彷彿冰涼的蛇——從肩頸到肋骨到大腿，於腳踝開出一朵皺摺的花——她摸到腹下蜷縮的虎斑貓，肥軟的肚子溫度剛好，她覺得安心，半夢半醒幾乎忘了長久以來那句尖削的話語。

「嬸……」小女孩的眼睛在黑暗中發亮。

「有一天……」她觸摸到小女孩冰涼的手臂。

「有一天，」小女孩說：「我們都會老，對不對？」

突然破碎的聲音，她聽見窗外傳來極為刺耳的哀嚎，但她分辨不出那是遠方的悽愴，抑或心底空洞的驚悚。

童身蒼顏的男人爭相打賭，碎花裙下的顏色究竟為何？人稱豬大腸的彩券行老闆露出一排黑色門牙：「唔，水姑娘要不要來一下？中了頭獎可別忘了給咱帶上幾箱泰國芭！」又或者聾了啞了的算命師：「ㄨ！ㄨ！ㄨ！」她費力與他比手劃腳，換來對方手心黏膩不潔的一握，一雙左睖右睖的眼睛呵。

一如其他委頓太久以致落拓的街，鎮裡的面目始終是隔著毛玻璃的曚曖，她一身光鮮的打扮是窗上的雕花，再華麗終究淪為一朵僵硬的裝飾。

上回馮師娘聽了她的疑問，睜大眼睛：「青春？——這兒每個人的年紀都大得可以當娘！」

她不置可否的聳聳肩，笑著，想起隔壁的趙胖子，年輕時也算一名才子，嘴邊經常掛著「運是車子，命是路，好運不怕命來磨」——而現在，他的臉上皺紋就像一支脫線拖把，更別提那些脖子瘦得像柴、胸脯垮成肚腩的傢伙了。

還有什麼比老朽來得更令人不堪？

他們苦苦追尋，耳語著誰又獲得青春、從此遠走他方，並將祕訣埋藏某處，等待有緣人挖掘。人們千方百計獲取不老的內容，卻無人真正目睹哪個幸運兒離開？有人言之鑿鑿，這根本是一場騙局，目的在藉由更大的期盼填補鎮上年華日瘦的荒蕪，奇異的是，相繼湧入的人潮卻有增無減。

「找到嘸？」

「來來來，減少皺紋減少皺紋，一包兩千元，今天特價一九九，保證讓您返老還童……」

「這就是那個——什麼鎮？」

「騙痟耶！」

「一定又是那幾個立法委員在做秀！」

必然性的詛咒——外來觀光客不甘累倒在那狹小的旅社卻一無所獲，他們罵罵咧咧找尋任何可能，就連偏僻的肚仔厝也不放過。馬路上經常可見呼嘯而過的山貓和怪手，擋風玻璃底下一閃一閃的警示燈像動物性的紅色眼睛，尖銳而貪婪。

面對這場災難性的爭先恐後，她心底有數。

一個炎熱的午后，她繞過鎮郊僻靜的小徑拾級而上，兩旁菩提輕風，寺裡一尊血石觀音碧髮紅顏，怎麼看都是凝脂潤滑的年歲之外。她站在屋簷底下，強光穿透葉影，迎面而來的男人與她四目相對，溽暑躁鬱，天公爐上一對金龍噴張焰火，漆黑的指爪又大又亮——

發爐了。發爐了。人影紛沓，慌張的雙腿如浮塵亂舞，「青春來囉！青春來囉！」她感覺腳下的階梯倒影冰涼，眼神越過面前的嘈嘈嚷嚷，男人居高臨下的姿態如一尊巨大的神佛。

「妳怎麼會在這裡？」

「那又怎麼樣？」她仰起尖尖的下巴。

「我……」

「我們都老了。」她說。

南風薰人，四周的耳語盡散成灰。破碎的餘燼在地面追著跑著，拂過她動也不動的背脊。男人的形象凌擾遠近，面容一時分不清楚，只有唇上的小髭如新拓的水墨一濃一淡，衣襬啪啪翻動。

莫非，這就是鎮裡的傳說？

她想起那個風雨欲來的夜底，男人喝醉了睡著了，她起身告訴母親：「我非去找他不可！」那樣連續劇般的激情，窗外落下紛繁的流蘇，像雪，懸掛在玄關的鈴鐺輕輕敲響，搭配著輕快的節奏，血從她的小腿脛迅速滲出，鹹澀的味道帶有一絲絲涼意。

她母親俯身拈起血跡斑斑的衛生紙，嘆口氣：「嫁給隔壁的豬血李有什麼不好？一世人有住有吃！」儘管嘴上叨念，但她母親明白這終究是一場無解，塞了幾張鈔票在她手中。

她離開家門時，男人依舊斜躺在沙發上，腳邊垂下的藤條直挺挺，像一條尾巴發出奇特光澤。

她穿越竹籬笆圍成的窄巷，腿上剛剛結痂的傷口彷彿柔軟的果凍，稍一用力就能夠感受到那些不確定的晃動。但她滿心興奮，毫不在乎踩過爛泥、水窪，甚至經過從來不敢經過的關帝街——街上總是擠滿了肥矮高瘦的濃妝女子，她們親切的笑著，眼瞳卻沒有光——南國的黑夜牢牢攀住她的肩頸，她第一次不怕狗吠，以及男人白色的牙齒。

她一直走一直走，以為遠方會有柔軟的光。

許多年後，她回想起那一段往事，嘴角掛著不知道該慘澹抑或該慶幸的笑容——關於那個夜晚，那個夜晚——她捏一捏虎口，意識到時間變得如斯緩慢，他們共同經歷的歲月正向下翻墜。他細長的眼睛在流質性的夜裡載沉載浮，油亮的臂膀緊緊圈住她的腰身……他們是青春的冤家，但總有恣意貪歡的片刻，這時候，她會瞥見她母親和男人拉扯的背影，而她瑟縮在角落裡，喊——

這時候，鐘聲震響起來，寺的飛簷傳出梵音裊裊，她驚覺自己的怨憎愛恨源源湧現，不由拿起手巾捺了捺額角，口中不斷低喃：「阿彌陀佛，阿彌陀佛！」

「我們都老了……」越過眼前嘩嘩的菩提樹，她又看見那些遙遠的從前，幢幢的樹影全是幢幢的人臉，她撇過頭去，語氣顫抖。

「才怪！我才不老！」眼前的男人斬釘截鐵叫起來：「我要出去！我要出去！」

她先是不動聲色，挑眉思索這一場突如其來的相遇究竟是怎麼回事？繼而扯嗓大笑：自從踏入這個鎮上開始就沒有退路，你難道未嘗看見——有沒有，那一整片蒼茫的墓地不是裝飾而是預言，除非重拾青春的面目，啊？

「可是，我才二十三歲！」男人試著辯駁：「我還年輕！」

一小片菩提葉掉在他的鼻頭，使他看起來有些滑稽，像畫錯臉譜依舊固執登場的小生——那樣頑固的自信！她激動著，即使避開那雙明澈的眼瞳也難以抹滅心中的悸動，即使不看臂膀仍會想起從前激情的夜晚，青春……誰來告訴她，該如何反擊眼前這一切？

「那妳說，我到底該怎麼辦？」男人不知所措。

她搖搖頭，耳邊響起滴答滴答——舊時的節奏在四周緩緩流瀉——師傅，燈光可以再調暗一點，再暗一點嗎？

好戲登場了，碧玉年華，春芳時節，輕輕問聲你可曾忘懷？別離叮嚀，淚珠兒落滿腮，青春尚在，為什麼毀褪了殘紅？你給我留下一片春的詩，卻叫我年年寂寞過春時，既然曾許下諾言，沒實現怎能就作罷？

「安可！安可！」台下吹起咻咻浪蕩的口哨聲：「再來一曲！」

她站上舞台，凝視底下鬧哄哄的人群，在音樂間奏的空檔，伸手撫摸自己不算突出的兩顫，沙沙的觸感像光線突然射入眼瞳的不確定——先是看見馮師娘招牌的如意手巾，偷偷撫過前排披了醫師袍的王小兒科，鄰座的長舌九姨正和王夫人交頭接耳：是不是下次多給一劑七厘散，手臂的瘀傷一直好不了吶？王小兒科賠罪的拉拉王夫人的荷葉袖，目光卻猛往台上瞟——還有噴著古龍水的趙胖子放了個響屁，差點震掉彩券行老闆豬大腸嘴裡的菸……

「不知是世界離棄了我們，還是我們把它遺忘……」花式的步伐牽動胸前晶亮的流蘇，她對著鏡子細細描繪，無論如何遮掩不住嘴角日漸鬆弛的紋路……昨天夜裡她甚至發現有幾枚老人斑浮現頷下，如剝落的漆，如紙片燃燒前焦黃的不祥。

歌唱完了。

照例是恨不相逢未嫁時，海角天涯，或者千言萬語相思河畔甜蜜蜜葡萄成熟時路邊的野花不要採——記憶多麼模糊，掌聲紛紛唱和，滿場暈濕的眼眶淚光閃爍。「夜留下一片寂寞，河邊不見人影一個……」她款款搖擺走進昏黃的彼岸，頭髮星白的男人巍巍起身，驚嘆妳好美好像是……好像是……欸，來來來，喝完這杯再說吧，今宵離別後，何日君再來？

寂寞開花，舞台上一把高腳椅窸窸窣窣生出藤蔓，她的肩頸手臂全是綠色的枝葉，臉頰泛起一抹嫣紅，如黑暗裡的一束光，男人恣意貪歡的視線日益衰敗。

誰還記得那些古老的從前？誰還願意費力追索青春？青春早就淪為形式了，他們興高采烈的寒暄、用力歡笑，像風華絕代的高雅人士——一旦回到家裡往床鋪一躺，看見牆壁潮濕的樑柱，霎時又重返灰姑娘的午夜場，晶瑩剔透的玻璃鞋遺落在馬路中央，沒有人願意多在乎一眼。

「生命不該被浪費！」馮師娘喜歡這麼說。

可是，去哪裡尋歡作樂呢？她從皮包裡摸出最後一根菸，正愁沒有打火機，「世界這麼小……」

「才怪，青春大得很！」馮師娘奪過她嘴上的菸，驚嚇幾隻小蟲衝撞日光燈。

「像我們這樣？」她看看這個叫作大勝布莊的狹仄店面。

「反正就是去愛啊，去恨，去大吼大叫！」馮師娘理直氣壯的坐在五顏六色前，長長的布疋垂落地面像永遠揮霍不完的光陰。

從認識那一天起，馮師娘的嘴角總是微微上揚。往往站在店門口看望那些層層疊疊的布疋，逆光的闇影有細緻浮升的顆粒，緩緩翻落到馮師娘的老花眼鏡上，從某一個角度來看，她瘦小的身子幾乎佝僂在大批顏色與顏色的夾縫間，如牆上懸掛的一只舊月曆。

「有什麼好笑的？這種地方！」

她放下菸盒，始終不明白馮師娘究竟為了哪樁心事而高興？側過臉去，一隻黑貓赫然懸掛於木棉上！泛綠的眸子似乎還透著光，齜牙咧嘴露出一抹神祕的微笑——彷彿馮師娘揮之不去的表情——從哪裡傳來一陣撕心裂肺的貓叫，隔了好遠好遠的距離，依稀能夠聞見鹹腥的氣味，幾把麵包屑似的肥蛆嗶嗶摔落……

不知道從什麼時候開始，這個鎮上的人們相信只有貓的眼瞳能夠預知未來，那裡面必然隱含了對青春的解答，乃至生命的全部。

自尋晦氣。馮師娘嘆道，最初的時候，最初——也不過就是為了每次春季擾人清夢的貓叫，哪裡知道——

「青春青春，到底有什麼好？」馮師娘停下手邊的動作，一塊如意手巾接近完工，而她坐在一旁沉默不語。

幾天前，她自肚仔厝抄近路回家，遇見一名身穿月白衫子的女人蹲在一堵壁磚前，指間煙霧凌擾逼人，手裡不知在地上畫些什麼？但她很快意識到，那是一副斑駁的墓碑！再過去是一片極亂極擁擠的弧形塋地，一小點一小點或灰或白到處散落如燃燒之後的餘燼！

「很難相信是不是？」女人依舊背對著她，「每個人都有屬於自己的一座墳墓。」

她第一次注意到這一帶的巨大變化：矮牆、蟑螂、不時出現的釘子與鏽蝕銅板——不久前，有人宣稱在此發現了青春的祕訣，一窩蜂的足跡如紊亂的圖騰，馮師娘也從這裡帶回一塊枯木當紀念。那時候，人人指尖鑽進黑色的泥濘，但神情卻如斯沮喪，走在最前頭的趙胖子忿嚷：

「運是車子，命是路，好運也會被磨光！」

兩旁張牙舞爪的相思樹迸出一顆顆果實，一場鮮麗的紅雨漫天灑落，她握著滿手赤豔的濕潤，心底湧起淡淡的哀愁，是啊，一如往常，一無所獲，他們的追求會不會是一場華麗而殘忍的夢？

女人抬起頭來，臉上一道道隆起陷下的皺紋，淚水掛在脣下如一顆夜明珠：「妳還在尋找什麼？」

「整個世界已經是一道牆了。」女人翹起小指。

「就算妳撞破頭也逃不出去。」女人彈掉菸蒂。

女人說：「看見了嗎？那邊，將來妳的青春將會躺在那邊。」

她胸口怦的一跳，聽見更遠的一座墳墓前傳來陣陣貓叫，大批大批人影掃過地界高聳的芒草，樹梢底下全掛滿一條條黑色尾巴！

女人站起身來，拍拍手：「其實，這鎮裡，根本沒有青春！」

「聽她在胡說八道！」馮師娘在縫紉機前吃力的穿針引線，頭也不抬的，身後的布疋像一道道沉重暗影，彷彿年歲隨時崩塌的威脅。

馮師娘問她，是否看清楚女人的面孔？

是否記得女人的年紀？

是否問過女人的身世？

甚至懷疑會不會是她太過疲憊太緊張，以致看見不存在的幻影？

「再怎麼說，那裡曾經有一座萬應公廟，誰知道會不會是那些冤魂？」

這時候，王小兒科披了件醫師袍走進來，高傲的鼻孔朝空氣中嗅聞著：「妳心情不太好？」

馮師娘兩頰頓生緋紅，即刻忘了墓地女人——所謂青春，青春在每個人身上形成不同的意義：肌膚光滑是青春，左擁右抱是青春，愛情是青春——馮師娘尋尋覓覓，比誰都清楚時光在肉體上造成的傷害，她的脖子已經開始出現放鬆的姿態，一如她始終生活在循序漸進的節奏裡再無法緊湊，過早期望世界完好無缺，但純白的抹布總是被擰乾後，棄之於陰鬱的角落。

「這塊布料好不好？」正待回話，馮師娘看見王小兒科自顧端詳一塊呢絨布，嘴角的神氣合該是一位醫師的模樣：

「欸，我問妳，」他說：「這料子是進口的，還是本地的？」

語言是誤會的起源。

模模糊糊的午后有溫暖的陽光，馮師娘和她母親坐在搖搖晃晃的車上，行經鎮郊以南一望無際的田地與竹林。最後停在一棟白色洋房前，母親擂起門來，空無一人的田野上迴盪著空盪盪的氣息，彷彿天空破了一個洞，聲音全部被吸納到遠方的灰淡裡——事後馮師娘回想，發覺肚仔厝一帶早就荒蕪了，萬應公廟也不知何時塌毀了，連同水鳥的拍翅聲也如斯巨大，那使得她母親衝進門去和女人扭打的形象充滿了一種空白而悠遠的意味。

而她父親在一旁安靜搭著她的肩，像一名無辜的路人。

「這塊布料到底好不好？」王小兒科又問了一次。

（妳心情不太好？）

馮師娘暗下臉來，喀嗤喀嗤剪掉一小塊不規則的呢絨布，沒好氣的順手別在月曆背面——仔細一看，上面全是破碎拼貼的顏色，一塊塊或新或舊如一張小型百衲被，如一張粗糙的老臉！歲月驚心，但他們依舊不肯放棄，面對僅存的青春與命運頑強拚搏——

她把一切看在眼底，走到屋外，試圖躲開那個狹隘布莊揮之不去的滯悶，一隻手在皮包裡急忙掏著，極其突然的，那棵木棉樹到達一個承受力量的極限似的，嘩的摔落滿地的蛆！地氣蒸騰，縫紉機的金屬性聲響自身後尖銳翻升，她的胸口被一針一針刺穿，但她清楚知道，無論如何無法綴補成形。那個破碎的空洞始終懸在那裡，永遠有無法填滿的聲音迴盪著：

錯了。都錯了……

鏡頭不斷拉遠，明明滅滅的記憶小徑上，有她堅定的腳步，她和他攜手奔跑在夜裡，在海岸公路，在山野，在城鎮在人群在海濱在邊境——從機車後座緊緊摟住他的腰肚，風將他們的衣襬吹得鼓脹起來，她的心口同樣鼓脹著感動——真正決定愛上一個人的時刻，毫無任何理由的，就是愛：腦海中一片空白，只想大吼大叫！

「所以，妳自己也說不出個什麼原因？」這時候，對面的男人遞過一只打火機，為她點燃一陣煙霧瀰漫。

「沒辦法，愛到了。」她吐出一口煙，張望指間有些暗淡的金戒，掙開來，皮肉上浮現一圈圈蒼白的勒痕，青藍的血脈在底下流動。這讓她聯想起她母親身上青一塊紫一塊的傷痕，傷痕之外的目光……許多個夜晚，她自噩夢中醒來，月光冰涼映在床前，門外傳來隱隱約約的哭聲，細小的尖銳的，如針，如幼獸的吶喊。

她小心翼翼走進甬道，從母親房底鑽出的嘆息的低喘，門縫流瀉出斷斷續續的光痕……母親凌亂的頭髮一前一後，嘴裡似乎咬含著什麼，以致聲音流露出潮濕的意味……

但她沒有叫喊。

她心照不宣的，在偶爾交會的目光裡，低聲問母親：像這樣的男人……這樣……當初為什麼麼不選擇離開呢？她母親搖搖頭，眼神渙散，底下的水龍頭嘩嘩作響。

「那麼，現在後悔了嗎？」男人又為她點燃一根菸，筆記本上密密麻麻全是字——這個日後將與她再次在異地相逢，自稱二十三歲的男人——他唇上的小髭如斯不羈，頭後長長的頭髮一綹一綹，像蛇，吐著鮮紅的誘人的舌頭，卻是毒藥的象徵，能夠真正分辨出曾經滄海的氣味嗎?那些傷害的、不得不的、情感的多層次與複雜,能夠重現昔時的一魂半魄嗎?

「來,笑一個!」男人仔細調整相機光圈,露出親切的笑容:「我們再笑開一點好不好?這樣報紙登出來會比較好看!」

她直直望向鏡頭,目光越過在那之後空無一人的舞台上,漆闇像張開的黑色喉嚨,倏忽吐出他們急速的身影,轟轟的機車排氣孔把一切都遠遠拋在腦後!生命啊,青春啊,盡成塊狀的光影抑或細碎的線條,只有觀眾眼裡的紙醉金迷,只有百無聊賴到極點,把耳垂挖開,塞入銅板大的亮片,或者在手腕上劃下幾道細碎的血跡!

而他從不作聲,在她身後一面哼歌一面指尖滑過她的背脊,一顆顆疙瘩是他掌心一顆顆繭。

她對他說:「我很想活著,但我忍不住傷害自己。」

他二話不說,吻她,不太確定的感情——一如日後暴烈的性格——臉部毫無表情的,兩只滿含欲望的眼睛彷彿奢求些什麼?她的兩肩被捏疼了,頭髮也亂了,修長的腳踝飄浮在夜裡,但那不是飛行,她深切明白,他和她的意念太過沉重,他們無法成為純淨的天使。

——「她說,『舞台上,不能放真感情,放真感情唱歌會流目屎』。因為丈夫犯下凶殘的綁架案,法官認定她有共犯之虞,令她必須忍受社會的異樣眼光。儘管她服完刑役,他也已經伏法,可是作為妻子的她,迄今仍舊無法走出他所造成的陰影。在隱姓埋名的情況下,她遠走他鄉，目前在北部一帶走唱紅包場……最後她甚至苦苦哀求記者，放她一條生路，讓她重新做人……」——蓄留小髭的男人這麼結論著：

「而今，她也只能靠著想像力，繼續活下去。」

所以說，青春是一場幻象嗎？

無論如何，她逐漸明白，青春是一場殘酷無終的夢，夢裡有懵懵懂懂的勇氣，有千轉百折的路途，但沒有人告訴她該往何處？又該如何愛？他們潦草度過那些歲月，以為終將天荒地老，但夢醒時分，胸口上蜷縮的竟是一隻虎斑貓，輕柔而沉重的朝她頷下來回磨蹭——

她枕著手，看見窗外黑墨如一隻睜大的眼，空寂的房間裡沒有第二個人，她覺得異常荒涼。

自從他死後，每每唱到「良夜不能留」，她的嘴角不免泛生顫抖，記憶像黏稠的淚自小調中汩汩湧出，她款款走到舞台角落，聚焦的光始終跟隨著她。她的影子在底下一起一伏，像一頭掙扎的獸，看不見眼睛也沒有感情的尾巴。

她踮起腳尖走下舞台，走進人群：馮師娘、王小兒科、長舌九姨、豬大腸、趙胖子——光影與光影錯落間，她瞥見一張熟悉的人臉——就這麼和他們活在這個鎮上，放棄任何掙扎的，他們歡欣的唱和，眼角流出塌陷的笑，然而她心底的那個空洞始終發出哀鳴，無法填滿的聲音颳起紛飛碎屑，奮力朝她撞去，將她阻擋在眾人之外！

她唱著唱著，赫然發現他們越走越遠，甚至最後奔跑了起來！她拚命追趕著，不怕側目的視線不怕驚懼的指點不怕風雨不怕傷害不怕青春不怕一切一切——青春一去不復返，天涯海角無影蹤——聲音始終顫抖著，她眼睜睜看望他們全部離開，直到沒入雲的彼端，直到她跌坐在地上，低低的，低低的唱了起來：

「我若是失去了你，就像那風雨裡的玫瑰，失去了她的嬌媚，減少了她原來的光輝。我要為你歌唱，唱出我心裡的舒暢……」

男人安靜端詳著眼前啜泣的女人，她的妝像禁不住冗長雨季而不斷剝落的漆，揭露出其中斑駁的肌理——她其實好老好老了，老得連胭脂水粉都無法遮掩紋路凹陷所造成的空洞。

他詫異著這鎮上時光駭人的速度。幾個小時前，他經過一處蒼茫的墓地，看見一名與貓玩耍的女孩，他立即拿了紙筆下車。

小女孩抬起頭來，對於他的問題似乎答非所問：「叔叔，你是不是已經四十歲啦？」

她睜著發亮的眼珠：「我們這裡的男人四十歲就開始掉頭髮了！」

他覺得莫名其妙：「我今年才滿二十三歲！」

小女孩不解的：「那，你為什麼——」

他不由得摸摸自己的頭頂，發覺竟剝下一縷髮絲！他大吃一驚，回過身去，看見車窗上倒映的人影極其陌生：身子有些佝僂，眼角有些下垂，嘴角生出細長的皺紋，似乎像極了一具被揉壞的捏麵人——他眨眨眼，無法置信自己變成這副模樣——他驚恐的想著，那不正是年輕人經常譏諷的中年男子嗎？

「不可思議對不對？」小女孩指指她身旁的虎斑貓：「你要不要看看牠的眼睛？從那裡可以看到過去！」

男人俯下身來，看見倒三角形的獸頰上，兩枚空洞的窟窿像一對黝黑的鼻孔——他連忙關上車門、發動車子——這時候，小女孩捧著一對泛綠的眼珠朝他說：

「喏，要不要試試看？你的過去和未來都在裡面！」

兩枚空洞的窟窿同樣出現在小女孩的臉上，冰涼的金屬性光澤如斯潔淨，虎斑貓在一旁笑開。

是夢境嗎？

這個世界似乎正以一種奇異的邏輯逼視著他的思考能力，恍恍惚惚的畫面有不確定的人影，他彷彿闖入一處皆顛倒翻騰的小鎮，所有的景物都快速向後飛奔：有「ㄨ！ㄨ！ㄨ！」比手劃腳的算命師；有捧著骨灰罈的醫師；有滿臉皺紋、肚子像球的胖子——一個門牙黝黑的男人呵呵請他吃糖，一剝開來，裡頭居然包裹一顆相思豆！紅色的果實一擠壓，迸出滿天紅豔——遙遠的墓地之後，有傾倒的樑柱與磚牆，一名白衣女人蹲在那裡抽菸，隔了好幾條街的距離，依舊能夠清晰聽見她低沉的嗓音：

沒有沒有沒有沒有沒有沒有沒有沒有沒有沒有沒有沒有——

「我只想出去。」他一開口，嗓音竟也如斯低沉，如一名蒼白的老者了。

「你出不去了！」她抬起頭來，抹去頷下的一滴淚水。

「為什麼？」他叫嚷著：「我還年輕！我還有許多事沒做！」

她放棄辯駁了，指指一整片星白的墓地說：「青春青春——難道你還不明白，我們早早就被囿限在一個框框裡？」

「什麼意思？」

她又指指遠方。

男人模模糊糊看見一名繫著雕花髮髻的女人，先是矮小的身影一顛一顛的，然後朝他這邊越走越近，越來越巨大——甚至可以聞到她身上發出的一股辛涼的薄荷味——隔著一層無法穿透的寶藍色玻璃，女人的眼珠好黑好大的望著他，像冷不防重壓的夜色，他向內瑟縮了一下。

「所以，從頭到尾，我都是一幀照片裡的人物？我們——」男人驚恐的回過頭來。

她點點頭。

沒有沒有沒有沒有沒有沒有沒有沒有沒有沒有沒有沒有沒有沒有沒有沒有沒有沒有沒有

沒有。

男人幾乎也要跟著那個月白衫子的女人喊起來，不可置信自己怎麼會闖入這樣一個僵硬恐怖的世界？

「很好，你這個樣子很有生命力，」髮髻女人微笑的看著拍打玻璃的男人：「你這個樣子很像我要找的——」

然後，髮髻女人取下那張背面滿是拼湊布塊的月曆，塞入胸口，極其溫柔與不捨的撢了撢縫紉機上的灰塵，然後，拿起一具相機對準自己——像是臨行前想起一件極其重要的事，她又對著鏡子塗抹了一點口紅。

然後，以布匹為經、以裁刀為緯，面對著相框中的男人與女人，她緩緩的緩緩的將紅豔的嘴唇整個拉撐——

喀嚓。

死亡練習

美。美。阿美？

男人推了推黃美美的肩膀，抖黃美美一臉白皙，連帶抖密長的眼睫，抖落這個傍晚鄰家升火烤肉的油香，香氣蓬轉，富有彈性的熨貼著髮——雲散身下的髮絲又黑又軟，襯得五官越發瓷亮——美，美？男人且端詳了半晌，改成坐姿，冷不防側過頭來：「喂，汝較晚不是要補習？怎還在這？」

媽媽。男孩囁嚅著，尖瘦的臉龐覆蓋著尖瘦的蒼白。

「馬麻又睡著了。」一旁的小兒子喀答喀答撥弄自動鉛筆。

「囝仔有耳無嘴。」男人說。

「馬麻剛剛一直喊累。躺到地上的時候砰一聲好大一聲唷。」小兒子說。

「起來。」男人拍拍黃美美的臉：「起來，阿美，好起來煮飯囉。」

「是不是要叫救護車？」男孩說。

「起來。」男人說。

「已經不是第一次了啊。」男孩說。

拔去流理檯內的平口塞，漩渦像一只黑色的眼睛凝視著慌張奔移的碗盤。

「來，」男人持續哄著：「好起來囉美仔，阿品伊們攏腹肚餓囉。」

「起來。」

「我剛剛一直在旁邊看馬麻喔，後來才跑去客廳寫作業……」小兒子說。

「家裡的電話呢？」男孩說。

「馬麻會醒過來嗎？」小兒子說。

「電話你又亂放了是不是？」男孩說。

「我肚子餓餓。」小兒子說。

「你為什麼就是不能把電話放好呢？」男孩說。

「我要吃飯飯。」小兒子說。

「你為什麼老是這樣亂七八糟的？」男孩說。

「噓——」男人冷不防站起身，握拳，直直望向男孩。

眼看天就要黑了，黃美美的腳踝殘留著一抹晶亮，連帶濕了半邊的身子也透散出不同於平常的橘金——更濕潤的橘金——顏色映在地板的水漬上，一灘灘彷彿廚房剛剛哭過那樣，盡是碎片的眼淚攙雜著即將消失的泡沫。男孩緊抓著衣襬，看父親搖晃母親：「好起來囉阿美──來，來──妳要啥？會嘴乾嘔？」男人一面揉揉黃美美的後頸，一面遞水：「妳怎會倒在這？阿品伊們攏腹肚餓囉，緊起來煮飯欸。」

黃美美睜開眼，旋即闔上。又睜開，又闔上。

「美，美？」男人依舊不放棄：「緊起來煮飯欸。」

小兒子見狀蹲下身，依偎著男人：「爸比，馬麻說……她睡覺前說，飯飯在電鍋裡。」兒子的眼珠好黑好濕，臉蛋粉嫩嫩，一如黃美美經常流瀉的表情：無辜，並且無害。

「噓。」男人摸摸小兒子的頭：「功課寫完沒？趕快去寫，等一下我們吃飯飯。」

「乖。」

小兒子試探性的撫摸那黑墨的髮：「馬麻會醒過來嗎？」他仰起頭：「我肚子餓餓。」

「好好，我們來去吃飯飯喔，我們馬上吃飯飯。」男人撣撣褲腳──幾乎一年到頭都穿著的大樓警衛制服──那一抹暗紅一閃而逝。空氣裡浮盪著鐵鏽般的鹹味，男人忽而意識到什麼的，一下沒一下搓起褲腳：亟欲搓掉那抹血似的顏色。「欸欸阿美，起來起來，好起來煮飯囉。」男人呢喃，有氣無力的。

黃美美動了動指節，眼瞼微掀，又耷拉了，不知做著什麼夢？

「爸比……馬麻說飯飯在電鍋裡。」小兒子的聲音平平的，說不上來的倔強與決絕。

「你小聲一點，」男孩說：「為什麼你不能聽話一點呢？」

小兒子說：「我肚子餓餓。」

男孩說：「你先去把電話找出來。」

小兒子說：「飯飯在電鍋裡。」

男孩說：「為什麼你就不能把東西放回原位呢？」

小兒子說：「為什麼你肚子咕咕叫。」

「噓。」男人抬起頭，望見瘦立的兩條腿，腿上的襪口有微顫的大象鼻子。

「噓。」男人抹抹額庭的汗，忽而眉梢吊高：「汝在做啥？莫胡亂動！」

「可是……」男孩低垂著髮，輕拍母親的肩頭。

「走啊，還不去補習？」男人起身推了男孩一把：「走啊。」

屋外的油香愈發豐腴起來，團團的滋味塞滿了房間，彷彿這個夜有無限的舌頭來回舔著。男人坐回地上，異常疲憊，約莫是餘悸猶存，稍早之前的那一幕揮之不去——那個人的腦袋不自然的歪向一邊——他又搖了搖黃美美：「阿美，好起來囉，起來煮飯囉。」他捧起黃美美的臉：鼻頭、脣、下巴……稱不上漂亮也不至於邋遢，這樣好脾氣的妻，近日怎會無端暴躁、說笑就笑、說哭就哭？甚至於住家附近迷路？

「啊今嘛幾點了？汝的裳是抹到啥？」男人的母親突然出現——她總是突然出現在他們

家，起於當初她堅持他們住在同一條街——像抽油煙機咻咻投下的暗影，聲音營營的：「汝看看，這咁有像一間厝？伊——做啥？七早八早睏！伊——做啥？懶賴懶上天！」作奶奶的抱起孫子說：「秀秀喔，阿媽秀，呷棒棒糖好嘸？」小兒子看看男人，又看看阿媽，尋求認可的眼神，怯怯的眼神好似黃美美。

男人的母親見狀沒好氣：「免管汝爸爸，作汝呷！愛呷作汝呷！」

男人很是憤怒：為何母親只顧著拿糖給兒子吃？她明明也會煮飯啊。看樣子，就是打定等妻料理吧——看樣子，不看到媳婦忙碌是無法稱心如意的。「應望伊，不輸自己做較歸氣啦！」母親和孩子一同看電視看得笑呵呵。男人沒接腔，望著黃美美一臉慎重閉目的神情，人中處遺留米白色痕跡……「汝啊——當初想說娶一個某應望一個好，結果娶到一個某怨嘆沒一塊好！」母親一面笑，一面不忘叨念。母親總愛叨念，當初說要娶媳婦的也是她，現在抱怨的也是她，究竟他娶的是宣傳單上的說明，抑或母親沾沾自喜的貪小便宜？他記得最初的那張廣告宣傳單，上面的新人笑得極其開心：大部分的新娘五官凸出，眼眸深邃的看向遠方，明明該是開心的大喜之日，眼底有著並不協調的悲傷——他又捏了捏黃美美的鼻頭，一面檢視她的後腦：是否傷了什麼？

「免弄了啦，牛牽到北京還是牛。」母親說。

「歸日打電話！」母親說。

「汝啊——」母親說。

「汝莫讓伊呷那麼多糖！牙齒會歹歹去！」男人嚷起來。

「啊嘸今嘛是怎樣？講沒兩句就天地顛倒邊？啊嘸今嘛是怎樣？講沒兩句就氣噴噴！」

顯然，母親也不是省油的燈，斜瞧他，又斜瞧黃美美，要他下個決定似的選邊站。

「阿媽，麵麵。」小兒子跟在一旁說：「我愛呷麵——」

「噓——」男人瞪小兒子，惹母親轉身帶他走。

噓——男人又坐回地上，一搭沒一搭梳理著黃美美的髮，髮梢毛躁，使他想起回家前遇到的那個女人。女人以食指抵住脣，起身的同時有什麼滑到地上，地上的人影動也不動，看不出是醉了還是沉入夢中，只見頭顱以一種超乎人體極限的角度歪垂一邊——男人拍了拍蹲麻的腿，不服氣於身障就必須認輸：黃美美做錯了什麼？他做錯了什麼？她也就是一個女人、一個太太、一個母親，他也就是她的丈夫、一個爸爸、一個普通的男人，為什麼到處被指指點點？也難怪黃美美近日舉止反常……「沒事的，沒事的，只是小毛病而已，只是小毛病。」男人想起仲介公司安慰他：「沒事的沒事的，剛開始都是這樣啊。」

剛開始？他們的兒子都多大了！

屋外嘈雜，更顯屋內之寂寥，徒留母親與小兒子呵呵呵。抬起頭，月亮出來了，單薄膽怯的，像隱隱約約的一張餅，也像可有可無的一朵雲。但天空中沒有雲。沒有雲的天空下孩子們笑著叫著——「阿美……」男人吁口氣，握住黃美美的手，聽見家門前那株雀榕沙沙沙，幽藍的樹蔭看來格外森冷，恍若下班前主任森冷的眼：「啊別人厝裡怎麼攏沒病？」脣紅齒黑，唾沫混雜著煙與檳榔渣噴濺至他的眼鏡來，無從想像對方的枕邊人怎能忍受那股陰溝味？且聽主任冷笑兩聲：「今嘛娶某不真簡單？驚沒錢，不驚沒才情！親像汝——親像汝——」話頭猛然煞住，只見八樓王太太穿一件水鑽冰綠電光紋超短褲，一扭一扭進電梯，遺下兩片薄如弦月的臀肉供主任咂咂舌。

傍晚時分，小兒子打電話來，依稀聽得「暈倒」，聽得「血」——聲音鼻齉，說些什麼沒聽清楚，繼而叫嚷起來，緊接著是一陣極長極長的沉默……男人惱怒著：「馬麻呢？馬麻怎麼沒有做飯飯給你吃？」緊接著，主任嘿嘿乾笑走過來說：「奇，就恁厝裡全代誌？」目光在他的臉龐巡睃不止，十足上司找碴的架勢。「嘖嘖嘖，熱，夭壽熱，這天氣。」主任搖搖頭：「聽說另日擱要熱上去——汝講，有一日臺灣咁會沉下去？」男人搖搖頭，瞥牆上鐘面，四點多，日頭早退至車道口，商家招牌卻依舊燙手，連帶常見的黑板樹亦萎靡不振，整個世界彷彿只剩下灰，灰濛濛濡膩膩，彷彿燥熱也有了顏色。所謂天頂天公吶，主任嘆，無視炎夏燒背，拎香菸至屋外吐納，狀似瀟灑實則貪看路過之女人腿脛，嘖嘖嘖嘖。嘖嘖嘖嘖。

「欸，阮某……阮某……」男人揉了揉額角：「小毛病，小毛病……」

男人想起並不久前，氣力十足持電擊棒於各樓層間來回巡視，每每至頂樓俯瞰鐵皮篷架連綿披紛、如海湧動——湧動的是對面大樓那個女孩的小可愛白內褲，雀躍挾電話晾衣服，乳首微凸如夏季之晨露、如秋日之豌豆，致使他頻頻默念「阿彌陀佛」、「阿彌陀佛」——然而不過一彈指，竟兩眼昏花，逐漸成為人人心目中灰澹的大樓警衛……又一個王太太走進來，風姿綽約行經櫃檯前，忽而丟下一句：「色狼！」男人連忙低下頭去佯裝疾書，忽聽得主任說：「下班啦下班啦，走啦走啦。」他還沒回過神，只聽見主任吹起口哨：「愛某為某苦唷——痴情啦，汝，痴情。」

「按怎？醒來了嘿？」母親又探頭進來問。

「碗也莫洗、飯也莫煮、囝仔擱莫管！弄啥魍？」母親恨恨的。

「我看另日送伊轉去厝裡好啦！」母親冷冷的。

這次男人沒有回嘴，怔忡想著防火巷裡的那個女人。在窄巷慣有的腥臊與潮霉底，女人甩著頭髮，一會向前、一會朝後，連帶空氣也團團沉浮，恍若掙扎於近乎滅頂的恐怖底。他踩在腳踏車上，猶豫片刻且朝前行去——究竟他想證明什麼？看看他的腳，欸，他的腳——男人氣餒著、奮力著，左腳幾度勾不著踏板，險些失去重心。「對不起對不起，」男人說：「借過，借過。」然而女人並沒有讓步的意思，緩緩回過眼來望著他，黑色的眼珠有黑色的光。

女人的頭髮一綹一綹服貼於肩，光點細碎灑落在石像似的臉龐上——來不及來不及了啊，男人這麼嚷，欲強行通過，冷不防，女人向他伸直了手，神情誠摯，好似誠摯的邀請他：來。請過來。來。男人一跛一跛向後退了退。為什麼就不能讓他好好過去呢？為什麼事情總是這麼不順利？他盯住女人暗紅色的指尖——是血嗎？——猛然發現女人的鼻眼好似黃美美……兩個人靜默對峙，且聽水溝淅瀝淅瀝、鐵鏽以及風乾的魚鱗窸窸窣窣……條的女人笑起來，收回手，俯下身去撫摸起懷中的人影，影子柔軟的歪向一邊——還活著嗎？男人沒敢多看，提防著女人，那紅色的手呵。他想起上回至市場，魚販同樣有著紅色的手，拎魚的同時，魚眼淌出了淚來，流了一臉一地。

又是女人的笑聲。

男人握住龍頭的手抖得厲害，騎著騎著歪斜起來——那顆歪斜的腦袋，那個像是男人的腦袋——女人殺了人吧？他抹抹臉，聞見一股鹹澀，一股屬於女人的粉香與揮之不去的生活的滯悶。會不會有一天，黃美美也將他的腦袋像擰毛巾那樣擰成不自然的歪斜？

「美，美，阿美……」男人低著臉，微弱的喚著，究竟為什麼必須這麼執拗的叫醒她，連他都說不上來理由？他知道她累了，但為了不在母親面前丟臉，也不願丟自己的臉：想想看，這些年來送黃美美至識字班至同鄉會，翻來覆去就那麼一千零一首：「天茫茫，地茫茫，無親無故靠臺郎。月光光，心慌慌，故鄉在遠方……」他拈起欲乾未乾的水漬，在黃美美腳踝上畫著畫著。這個時節，這個充滿烤肉香的節日，誰來注意黃美美的夢？誰來關心他和她，他們夢見了什麼？

突然的，黃美美坐起身來，兩眼迷濛打量著他，空洞洞的表情像空洞洞的夢。他吃驚的喊著，連忙遞毛巾、遞開水——妳不記得妳暈倒的事了妳真的都不記得啦阿品打電話來說……他說。黃美美一個躍起，意識到什麼的以手遮住臀部，急急忙忙站到流理檯前，繼續剛剛未完的煮飯工序。屋外的香氣層層疊疊像層層疊疊的影子，落在黃美美腳下，落在黃美美身後，身後的地板點點滴滴，一只只動物性的血紅發出動物性的光。

「把拔，雪……血……」小兒子說自動鉛筆喀答喀答。

男人不明白母親為何帶孩子至此？萬一晚上做噩夢，明天上班沒精神又要被主任嘖嘖挖苦。

「美，阿美，妳真的沒問題嗎？」男人手裡還抓著那條濕毛巾，見黃美美從廁所出來，一張臉如白紙，裙襬處的暗紅挪移搖曳，活的，也像條結痂的疤，死的，卻彷彿還是濕潤的蛇——怎麼回事呢？他低下身去欲看個清楚，卻被黃美美趕開。

「阿品，餓餓。」黃美美說，面無表情的扭開抽油煙機。

「阿媽，好香喔。」母親抱著小兒子走進來，一副不置可否的表情。

「咱先出去喔，燙燙，不可以玩玩喔。」母親哄小兒子。

的腳步走。

「阿媽，麵麵。」小兒子說：「好香喔麵麵——」

也許，母親更適合成為兒子的照護者，不僅僅是作為祖母的角色。男人這麼想著。

「等一下喔，再等一下我們就吃飯飯。」男人說，語氣不那麼確定的，目光跟著黃美美的腳步走。

但見黃美美機械煮麵、下蛋、灑蔥花，一反近日來之躁鬱。頸子細長，馴良，而且濕亮，如濕亮而馴良的一隻小獸，通過抽油煙機的光照，怯怯然淚汪汪，極其無辜的小動物呵——無助的妻——剛剛夢見了什麼？從過去到現在，她應該早就習慣臺灣了吧？早就習慣了他的腳？日復一日的冷言冷語與看好戲，是否導致她喜怒無常呢？男人看了看錶，肚子真的餓了，想必母親與小兒子也餓了。屋外不時爆出歡樂的嬉鬧，像滋滋作響的油煙，也像他不知如何冷靜的心緒。這不是她第一次暈倒男人知道，但能怎麼辦呢？看了醫生也找不出原因，服了藥也沒有效果，只有越發頻繁的結果，恍若刻意的練習、反覆的練習，練習靜靜的躺著，靜靜的沉入夢中，靜靜的死亡……美，美，阿美？男人低喃著，想安慰些什麼，卻什麼也說不出口。

此時此刻，小小的暖熱的廚房生出一層汗，薄而軟而澀的汗漬蒸氳著夢，使男人模模糊糊間目睹當時同樣在小小的暖熱的客廳裡，與黃美美交換戒指、親吻、拜堂——「好了，好了。」鍋子擱到流理檯騰升嘶嘶煙幕，黃美美擰乾抹布收拾起爐檯，「麵給阿品，阿品餓餓。」黃美美說。男人看著她，溫和的妻、暈倒了又轉醒的妻、努力把菜做好的妻，冷不防自身後環抱著她——母親帶小兒子到廁所洗手了——輕啄其頸、其髮、其耳下，妳好香，男人說，好香好香。

黃美美掙脫開來：「阿品餓餓，叫他吃飯飯。」

忽而暗巷裡的女人的那張臉浮現在眼前：不言不語，不帶感情的笑。面對機械反應的妻，男人不由一驚——她只是為了兒子而轉醒過來嗎？

「欸，欸。」黃美美又推開男人。

「欸，欸。阿品餓餓——阿品餓——」黃美美站到流理檯的另一端。

「阿品。」黃美美扶著後腦。

妳好香。男人說，倏的手心撈上一片濕熱，血！男人吃驚的放開黃美美，發現她裙上的顏色像一天結束前暈染的夕照，赤紅而橘金而幽藍，藍墨墨是南洋沙籠上霸氣蔓生的草木枝葉，它們活力勃勃怒目張揚——怎麼流了這麼多血？怎麼——血啊！暗巷裡那女人似笑非笑的表情再度來到男人眼前，誠摯伸出，直直的伸著對他說：來，請過來，來。

「我頭好暈，好暈。」一瞬間，黃美美斜靠在男人的懷裡，闔上眼，又睜開眼。

「美，美？」男人拍拍她的臉，不明白為何她又倒下來？她真的只是為了做飯而醒來嗎？

「呷飯了啊，咱作伙呷飯。」母親哄著小兒子，廁所響起激烈的沖水聲。如果這一切也能夠沖掉，那該有多好？男人怔忡的想，心口一緊。

「免譁啦，等會伊就會自己清醒啦！」母親牽著小兒子：「七早八早睏！」

男人注視著黃美美身下緩緩流出的液體，紅的黃的青的，歪歪曲曲像黑夜裡歪歪曲曲的煙幕，煙幕裡有模糊的月暈。他試著梳開黃美美的鬢髮，再次近距離而仔細的看著她一如石像的臉：細眉、深目、薄唇，唇下不知何時多了一顆痣？濕潤的額頭發著光，小巧的身子勻稱的起伏著……她是睡著了還是暈倒了？怎麼剛剛醒來，就又躺下去了呢？

「來啦，呷飯啦！」母親催促著：「沒代誌啦，免管伊。」

男人把黃美美抱到沙發上，赫然發現手中的體液無色也無味，既不是血也不是其他，也就是不怎麼舒爽的濕潤，莫非是他真的熱昏頭了？

他反覆打量著指間，聽見黃美美似有若無的聲音：「阿品餓餓……阿品……」

「沒代誌沒代誌，」男人靠近黃美美，低聲安慰：「汝睏一下就好了，妳睡一下。」

「細款毛病啦，歸日就知曉打電話！」母親依舊大著嗓門。

美。美。阿美？男人仰起頭，天空中一輪明月濕淋淋的，紅而且發紫，好似靜靜凝視他們的眼神，好似黃美美腳上一只一只，同樣紅而且發紫的瘀傷，輕輕一碰，皺一下眉眼，輕輕一碰，又癟一下嘴。

阿美？

美？

九點一刻。他們開始吃麵吃飯，吃得那樣響，恍若永遠也填不飽肚子似的。

更年

醒來之後，黃美美再度闔上眼，不是睡去，而是傾聽屋外啁啾的鳥叫，那些喧鬧毫不留情的提醒黃美美：天光了，該上工了。但黃美美沒有起身的意思，繼續躺在那裡回想前一個夢境，夢裡她返回那座古厝，遍尋不著父親，直到甬道盡頭，倏的有人回過頭來盯住她，一雙黑色的眼珠湧出黑色的淚來……

阿美啊，汝真正轉來囉。

黃美美睜開眼，屋裡暗得可以，夜的重量依舊壓在她身上——幾個月前，貓抓破了窗帘，她貪便宜抓了幾尺塑膠布掛上，以致現下籠罩在一片紅藍相間的詭異中，稍一翻身，就可以聽見嘰嘎嘰嘎的刮磨聲，惹得黃美美一陣雞皮疙瘩。

果然，這張床也不行了。黃美美伸手去尋鬧鐘，不料觸碰到柔軟的貓身，貓咪咧嘴朝她一咬：被打擾的不悅皺於眉間。黃美美抽回手，指腹浮現粉紅牙印。臭貓。黃美美暗咒，往貓的身上撩去，貓怒了，齜牙睖目，訕訕踱到床腳再度蜷縮成一團眠夢。

粉圓。粉圓？黃美美喚——毫無動靜。黃美美又叫了幾聲——還是沒有動靜。整個房間墜入牠的夢中，發出細微的鼾聲。

不由想起那段嚴禁貓跳上床的日子。說不上來為了什麼，許是始終無法習慣貓的眼神：冰綠，明澈，並且尖銳。偶爾望著貓瞳裡那張擴大的臉，總以為有什麼正從自己的五官窸窣剝落？而貓照例冷漠，觸鬚一顫一顫像笑——或者，什麼也不是，純粹的事不關己而已。

事不關己。黃美美嘆口氣，這樣的一隻貓呵，從排斥到妥協，漸漸習慣了讓出一個空位來。有什麼辦法呢？前一個暑假，女兒從宿舍帶回牠，說是路上撿到呢，養了好一陣囉，然後自顧自的捧起貓問：很可愛對不對？女兒眼睫低垂，臉上糅雜了那個年紀並不相襯的溫柔，似曾相識的表情使黃美美一愣：今年，她滿二十啦？

「不怕不怕，媽咪在這裡唷。」女兒當時是這麼哄牠的吧，目光自始至終未嘗望向黃美美，想必是出於畏懼的緣故——再怎麼說，家裡從來就禁止任何寵物出現，更遑論一隻蠕動的幼獸。黃美美皺起眉，瞥見女兒手腕浮現一圈什麼，似乎是傷口結痂：淡紅色的疤痕各有各的情緒，甚至有幾處微凸——欲上前看得更清楚些，奈何小貓扒住黃美美的褲管往上爬，令她不由惱怒起來：妳——為什麼之前都沒跟我講？妳——把家當什麼啦？

而現在，屋裡愈發空盪起來。

自從開學之後，女兒再度北上返校，因而下班返家，迎面撲襲的滯悶總使黃美美不得不承認：家裡終日無人的事實。那彷彿走進一座幽冷舞台，任何腳步皆足以引起巨大聲響。好幾次，她就這麼癱坐在黑闇底，任憑電視畫面歡跳，直到睡去。然而無論音量再大，沉默依舊像鬆弛的肉，層層逼近、層層陷落，最終成為甩也甩不掉的沮喪。

最終，貓還是留下來了。添加乾糧、換水、收貓砂、逗貓，這是昔日從未有過的經驗。女兒向她解釋，新學期抽不到宿舍，必須搬去外頭住，偏偏房東禁止養寵物——她默不作聲，心裡明白這不過是一場謊言。年輕人嘛，三分鐘熱度，誰知道往後還要帶什麼回家？倒是女兒腕上的傷疤究竟是怎麼回事？

黃美美想起這個暑假，女兒房門經常反鎖，以致落單的貓咪屢屢在門板上留下長長的抓痕。黃美美不免揮手驅趕，貓很快跑開了，但往往一回頭又開始往門板搭起趾爪——於是，整個夏天淪為一齣滑稽戲：左跑右趕，深怕一隻貓破壞了什麼？黃美美氣喘吁吁意識到：屬於她的青春果真去遠了，她馱著歲月以致腰痠背痛，甚至漸漸乾涸。

喵喵喵喵。

喵喵喵喵。

醫生說：「這是更年期症狀，只要吃吃藥就好了，沒事。」她吃驚著怎麼就到了更年期？事事物物一旦真正發生，遠比想像來得更加真實而不可思議，遂想起前夫——女兒手機裡拍攝的金腰愈發俊美，怎麼看都不顯老——從前生理痛時，她總愛發脾氣：「都是你！說什麼生完小孩體質就會變好！結果咧？」當時候，金腰在一旁歉赧笑著，也就是歉赧而已，似乎他們的婚姻正是一場不折不扣的道歉啟事。

然後，他們就分了。

（那時候，女兒和金腰每週見上一面，每次帶回不同的訊息）

（漸漸的，黃美美便放棄追問了。畢竟難以忍受那陌生的幸福呵）

（後來黃美美思索，金腰似乎一直以來對她的身分就帶有偏見的）

黃美美吁口氣。屋外聚合的啁啾越來越歡快，陽光從不夠密合的縫隙往床腳移動——今天要是再遲到，南哥肯定會扣薪水吧。這麼一想，她便起身了，走入浴室，貓也跟著進來磨蹭馬桶。漱口杯裡，還擱著女兒的牙刷。下次一定要記得提醒她：刷牙輕些，否則牙齦容易萎縮啊。黃美美怔忡著，牙膏擠到一半，突然想起什麼的，趕緊返回房內拖出體重計——六十五！不降反升，大腿墜著肉，天光之下更顯白皙。

「不輸王公廟廟口那仙咧，莫怪我說啥汝都聽無，做神哇！」南哥的話無孔不入，令黃美美漲紅了臉。

黃美美想起醫生叮囑：「有歲數的人囉，要控制啊，免得中風麻煩。」

真正看衰。黃美美摸摸自己的掌心：生命線這麼長——況且，一旦倒下來，誰來支付女兒的學雜費？黃美美一面刷牙，一面惦記著今天要去買什麼寄給女兒當生日禮物——還是十六歲那年，按本地習俗應帶去給七星娘媽還願，奈何當時逃債，一會避居南部、一會落腳東部，迄今仍經常被噩夢驚醒。

也許，也該補踐個神明桌。

看看時間，再不出門不行了。黃美美扭開電視，想知道下午還會不會下雨？轉來轉去，都是總統貪汙的消息，還有抗議的人潮——黃美美覺得眼睛又痠又澀，想必昨晚沒睡好。又轉了幾台，還是沒看見氣象報告，心想算了，反正下點雨比較涼快，起碼那件律師袍不會那麼悶——幾天前，南哥還問她們是否要改穿紅T恤？王姊代替大夥說：如果這樣可以多拿點錢，就算穿個十件八件也沒問題啊。

南哥惡狠狠瞪著眼。

所謂「人親戚，錢性命」，她們又不是在做慈善事業！上週五黃美美打電話給女兒，問她中秋節車票訂了沒？女兒說要趁假日留在臺北打工，畢竟一台電腦好幾萬，不努力怎麼行？當下，黃美美接不上話來。大底中年求職就是這個意思吧，到哪裡都顯得尷尬，不上不下的歲數、電腦不太會用、反應不夠機敏，誰要錄取這樣的員工？

黃美美撢了撢手上的律師袍，納悶家裡的灰塵怎麼這麼多？

拔掉電視機插頭，換好鞋，鎖門，將那塊擱在角落的廣告看板扛上機車踏墊——日復一日，這樣的生活究竟為了什麼？但黃美美沒敢多想，也沒法多想，否則夢中的老父親又要哭泣了。晨間慣有的濕氣飄過來，黃美美不時用掌心擦一下安全帽面罩，兩旁建築物同樣湧上淡藍色薄霧，連帶黃美美的呵欠也在安全帽裡形成團團模糊，因而她懷疑自己是否還在夢中？會不會下一刻就要返回那座無人的古厝，目睹一場驚心？

然而，廣告看板忽輕忽重戳向黃美美的肩頭，令她意識到這個早晨的具體重量——車子又彈跳起來，握柄狠狠撞上黃美美的心口——又一下！黃美美想停車調整看板，發現時間來不及了，只好自我安慰：還好不會戳到胯下……她猛然記起，今天該吃的藥擱在桌上，難怪下腹鼓漲，彷彿無從排解的心事往外擴張。她苦惱著近來無法好好解尿的窘境，那一灼燒感令她每每掉淚，難以相信醫生輕描淡寫：「老了嘛。」黃美美不信，醫生卻一派輕鬆，說得好似一塊泡綿晒乾之後總會變得蓬鬆，這也值得大驚小怪？

天知道，黃美美近日晨起鬆垮的眼袋。

從來不覺得老，現在卻好像哪裡都出問題，似乎印證金腰從前的嘲笑：小心未老先衰唷妳——那是某天夜底，金腰撞見她看電視不慎睡著了。以為是老父親才有的疲態，沒想到她也走到了這樣的年紀：電視看著看著就進入夢鄉了。當時，黃美美想解釋些什麼，一起身卻發現兩胯沾著一絲絲濕濡……自從離婚之後，黃美美與金腰只見過那麼一次面，那是為了女兒大學考試該填哪一志願？黃美美想也沒想就說女孩子該讀商科，哪裡知道金腰脾氣就來了，虎虎嚷著妳就是這樣死腦筋什麼叫做「應該」所以我才不想和妳住一起一天到晚待在家裡日子一層不變幹麼啊早知道女兒當初就該跟我住——黃美美看著金腰情緒化的表情，注意到金腰嘴角生出的紋路，那一瞬，他們都老下去了，唯獨女兒手腳不斷抽長……

黃美美挪了挪看板，盤算再過幾日換一間醫院看看。

接近火車站前那個圓環時，遠遠便看見南哥在騎樓底下分配傳單，鼠灰色的面孔在濕氣中更形鼠灰，嘴裡的檳榔汁倒是赤豔得很，像不耐煩的脾氣。黃美美趕緊將車停好，顧不得尿意盈漲就往他們奔去。

南哥見狀皺眉道：「真正是，菜刀配竹竿、大鼎合鼎蓋，汝就一定要把時間節（控制）得這麼緊是否？」

「還不緊把裳穿起來？講好幾擺，叫汝直接穿來上班，不聽就是不聽——脾仔咧，有帶否？」一連串的話語像沒完沒了的霧氣。

「啊汝目珠睜睜睖我做啥？緊去換裳啊。」

一旁的王姊走過來幫黃美美拾起看板，低聲道：莫睬伊。

黃美美搔搔頭，總覺得在他們面前像個孩子。尤其王姊，獨力撫養三個女兒，肩寬胸闊，也就是一位母親的形象。偶爾汗漬滑進她的胸前，引來雄性貪婪的目光，王姊沒好氣：「看看看，看沒自家的耳孔後！傳單也不拿一張，要死囉？」

黃美美一時找不到衣服的袖口。

「每擺看汝著這身衫，我都想說律師哪會跑來這？」王姊打量著黃美美，胸前隱約透出內衣的暗紅色花邊。

黃美美拉了拉身上那件律師袍領口。第一天上工時，黃美美還問南哥：這樣穿會不會被抓去關？南哥哇啦吐出一口檳榔汁：「哇！好可怕唷，還是轉去厝裡躺著最睏活囉。」霎時，黃美美的面頰飛紅（從前金腰常說：「妳就是太沒脾氣！」）——是啊，年紀越大，夢境變得越稀薄，彷彿口袋裡忘了拿出來的衛生紙，洗皺了，乾癟了，只有肚皮一天天膨碩，宛如永無止盡的生活。

黃美美下意識捏捏腰肉，聽見南哥粗聲粗氣：「啊汝是在阿婆生子是否？還不緊去做食？」

八點半。雲層逸散，前一晚留下來的濕氣鑽入上班族的西裝褲、貼附於套裝，伴隨著人潮湧入火車站，直到陽光將那一白底黑字的大鐘照得發亮。發亮的還有那輛新來的早餐車，油香懸浮，令黃美美一面吞口水、一面想起出門前來不及吃完的吐司……分心的結果，惹得南哥又是一陣罵，幾個等公車的女孩紛紛投以竊笑。

「妳們看，那件律師袍被那個女的穿得好像孕婦裝喔。」

黃美美耳根熱起來，沒料到最後會是以這樣的裝扮出現：身穿律師服、手舉房地產廣告看板，看板上印著四個大字：總統頭家！底下標示：品質保證。總價六八八萬起——一字一句不浪費半點筆墨，碩大的驚嘆號不忘提醒人們行動之必要、決心之必要、一絲絲奢豪之必要。但黃美美早就不去在意那些字眼了，她一心一意只想找個洗手間蹲一蹲……這樣壞軌的狀態似乎正向黃美美揭示些什麼，什麼都未嘗經歷，人生就要走向終點的不得不？

「簡直莫名其妙！」南哥還在那裡叨念。

日頭移到火車站上方，閃亮亮的汽車板金反射出閃亮亮的熱氣，柏油路燙起腳來，連帶汗水拉近皮膚與衣服的距離——要不是這件袍子悶熱難耐，黃美美絕對可以扭腰扭得更加漂亮。黃美美這麼篤定著，高舉看板、左搖右擺，旋即生出一個心眼：就算這樣賣力好了，根本沒有人在乎她扭不扭啊。她又扭了一會，腿開始痠、腰開始痛，不由好奇拿起腰間的計步器一看：才五十多下！

「一天起碼一萬步啊。」醫生的話再度響起。黃美美想，說不定她的耳朵也有問題，否則哪來這麼多聲音？

一萬步！誰有這種「美國時間」？又不是每天下午來這裡翻垃圾桶的那個男人。好幾次，男人突然朝黃美美這邊欺近，嚇得黃美美握緊了廣告看板，一胖一瘦的兩個人就這麼對峙著——從遙遠的角度看上去，不知情的人還以為是一位女律師和一名流浪漢準備開打——直到南哥開罵，黃美美這才繼續搖晃起看板，但目光始終未嘗離開男人，深怕對方一個突襲。

王姊告訴黃美美，男人自稱印尼華僑，聽說以前還做過小學老師。沒想到前幾年被學校解聘，找不到工作、積蓄又被騙光，加上無依無靠，於是一個人在街上遊蕩，「聽說已經流浪了十幾年了啊。」王姊說，起初大家好心買東西給男人吃，他卻大吼大叫說什麼不需要別人同情，後來誰也不願意靠近了，只把吃剩的便當擱在垃圾桶旁。

黃美美非常訝異，沒想到有人可以在街上生活這麼久！累了睡公園、渴了進車站廁所飲水——黃美美以為，男人的狀況應該再糟一些，否則像她這樣辛苦奔波豈非一場笑話？黃美美恨著：日頭赤豔豔，穿這一身律師袍簡直冤仇！

怪的是，今天都快中午了，男人卻還未出現。

也許是天氣實在太熱了。像黃美美剛剛扭這麼一下，滿頭大汗，汗水流進眼窩，用袖口去擦，粗糙的袍子材質刮磨著黃美美的眼角，刮出淚來——但還不能停，南哥沒說要休息——黃美美好想睡上一覺，模模糊糊間，父親面無表情的坐在甬道盡頭，直搖頭：少年……欸，少年毋會想哇。

黃美美拉拉衣襬，亟欲證明什麼：「阿爸汝看，律師服哇，汝看！」儘管這樣嚷著，卻怎麼也無法甩開手中那塊廣告看板，越是焦急，看板黏得越緊，幾乎成為黃美美身上的一部分——有誰看過扛著房地產廣告的律師呢？亂來嘛（「汝懂個卵葩！」南哥反駁：「這樣人家比較會注意到咱的廣告！」）。

老父親依然感嘆，黑色的淚水開始往下流。

肯定是熱昏了，否則怎會回到早上那個未完的夢境？黃美美抹了抹眼，感到尿意越發深濃，下腹腫脹到了坐立難安的地步。也許該去廁所一趟，轉念一想，又覺得沒有必要，也就是一場漫長的等待而已——等待排洩變得順暢，等待人生是不是還有希望，等待黑夜的重量從身上移開……這陣子，黃美美望著那灘毫無動靜的馬桶水窪，憤怒不已，但情緒很快被沖散了，一如婚姻生活什麼的全攪成一團，而黃美美不明所以，只知道沖水之後便是一次完成。

說不定，這個世界就是自欺欺人。此刻站在骯髒的公廁裡，撈起律師袍任憑時間流逝，卻半點尿液也擠不出，巨大的灼燒令黃美美牙齒疼疼。她站起身，望見氣窗外一株黃金葛牽絲絆藤，再過去是停車場，停車場背後是圓環，可以看見王姊正在車陣中來回穿梭，壯碩的身形遠遠看來嬌小無比。

「按怎，有好一點嘸？」王姊問。

黃美美苦笑著，搖搖頭。

「我阿弟也是這款症頭……不過頂擺伊服用那個營養品就……」王姊拉拉領口：「汝若有需要，我是講若有需要，我再介紹給汝，好嘸？」

有一片刻，黃美美以為看到了王姊的什麼，目光牢牢勾住那一晃而逝的神祕黑溝——她是不是正在變成男人？否則怎會留心起這事？——她又瞥了一眼王姊：豐乳肥臀，膀肉蓬光，非常適合作為母親的形象。「啊汝呷飯沒？」王姊抬起頭來，脣上軟鬚濕濡，近乎男性的陽剛形象令黃美美一驚。她意識到，時間正以無聲無息的幻術揉塑著她們，使得男女最終殊途同歸。

其實，黃美美很想問問王姊，是否也到了更年期？每個月還要痛那麼一次嘛？

黃美美也想起金腰——不再年輕的金腰——每回頭痛便要發怒：都是妳！說要躲去哪裡害我的身體都壞了了到現在還在痛妳知道才怪不然妳來痛看看！從何時起，金腰變得這麼女人？黃美美發現此刻耳際叫得異常厲害，會不會是幻聽？她又聽見醫生說：「要找方法讓自己快樂。」問題是，快樂真能治好更年期嗎？黃美美還是不相信，才幾歲的人需要更什麼年？

黃美美忍不住又想去廁所蹲一蹲。

「要死囉，墨賊仔！」那一輛往她們臉上噴出烏煙的遊覽車走遠後，黃美美那難以排解的尿意依舊煩人。王姊一面咒罵，一面經過黃美美身旁：「如果有需要的話，記得跟我講欸。」黃美美抹掉汗，納悶今天怎麼老是想東想西？也許天氣真的熱過頭了——也許不，而她開始習慣這個工作，習慣律師服必然的悶熱、習慣太陽底下沒有新鮮事，或者收工返家總是空無一人——或者，她有多久沒和老家聯絡了？

又一輛遊覽車轟隆經過圓環。藍白相間的車尾有一種寧靜意味。黃美美想起上回去臺北找女兒也是坐這種車。從開學到現在，女兒就打過那麼一通電話，問黃美美需不需要吃蛋塔？需不需要喝翡翠檸檬？說是臺北很流行這個——黃美美打斷她：要正常吃飯啊，要好好讀書，打工會不會耽誤功課？看女兒手臂瘦得都快見骨了，一味說著以後別再匯錢給她，「畢竟馬麻賺錢很辛苦啊。」女兒說。黃美美一愣，不知該如何接話？更加賣力的擺動腰身，眼前的風景忽而向左、忽而向右，就是少了些踏實的顏色。

黃美美再次默念，別忘了今天要買生日禮物給女兒。

下午二點整。幾部遊覽車一反常態，陸續停在火車站前。仔細一看，都是外地來的車子，上面綁了紅布條，看不清楚寫些什麼？只見人群越來越多匯聚於圓環前，幾輛警車從後面靠過來。黃美美見狀，二話不說旋即閃進騎樓裡，一面跑一面脫去身上的律師袍，以為警察真的來抓人了！南哥從背後追上來：「啊汝是看到鬼是否？有什麼好驚欸？回去！回去給我站好！」

是啊，她幹麼要跑？她究竟在害怕什麼？也許是那幾年躲債躲怕了，也許是她這輩子始終在逃，逃到最後只剩下她一個人……「少年毋會想哇。」老父親的聲音又在耳旁響起，彷彿體內不斷積累的什麼流瀉殆盡……返回路口時，王姊頭上那頂遮陽帽正在車海裡起伏，想必還有許多傳單還沒發完吧。塞車了，以王姊俐落的手腳，待會就可休息了吧——王姊回過頭來迎上黃美美的目光：「看什麼？汝也想對總統抗議喔？」黃美美笑著，有些放棄的意味：看看那有力的臂膀和大腿，在王姊面前，她永遠就是一名小孩——需要減肥的小孩！

黃美美發現對街的警察和她一樣，高舉著看板，嘴邊的擴音器對著人群吼，人群也不甘示弱吼回去，有幾個甚至激動的揮舞旗子。黃美美再度憂煩起來：不知這樣扛著廣告看板會不會違法？那些人會不會和警察打起來？遂想起早上出門前的電視報導：全是抗議的聲音……黃美美其實沒興趣瞭解，也沒時間瞭解，反正不要下雨就好。一下雨，雖然涼快，但雨衣罩在律師袍外更顯悶熱；如果硬要撐傘的話，廣告看板又該怎麼拿？

簡直天公弄人。

南哥瞪著黃美美。黃美美再度舉起看板繼續搖下去。搖著搖著，隱約覺到有一雙眼睛盯住她，側過頭，原來是那個流浪漢男人：端著一盒便當狼吞虎嚥，身上的T恤在日頭底下閃閃發光——什麼時候出現的？黃美美吃了一驚。男人兩頰鼓漲，嘴角盈滿了飯粒與唾沫，極其興奮的樣子。和她對看了半晌，猛的叫起來：「有啦！有啦！さささ！さささ！」黃美美還沒聽懂那一動物性嗓音，對方已經扔掉便當盒衝上來勒住黃美美，一雙枯手奮力緊箍，痛得黃美美往前踉蹌幾步，手中的廣告看板激烈晃動。

「有啦！有啦！」流浪漢男人發狂大喊。

黃美美本能的想要掙脫，卻被箍得更緊更緊——完全無法想像一名瘦小男人竟有這麼大的力氣！王姊、南哥聽見呼聲，趕過來拉開男人，男人轉而一把抱住王姊，南哥急忙伸手去拉男人，男人又抱住了黃美美，四個人遂扭成一團！

王姊的叫嚷引來民眾圍觀：有人想上前拉開他們，有人咒罵著伸出手來試圖搶下看板——黃美美掙扎著，脖子被緊緊勒住一度無法呼吸，耳邊湧現巨大的嘶吼——又是那些惱人的聲音！黃美美拚命往後退，撞上過於飽和的色塊：又紅又藍又綠，一片一片阻擋著黃美美的去路，迫近，像海，使黃美美載沉載浮，使黃美美看見世界漂流，什麼都在往下走！生活最終變成團團的泡沫，黃美美拚命去撈，徒留滿手黏膩，一如在夢中，父親終於不再流淚，卻在和她擁抱的瞬間，逸散成灰……

黃美美突然很想念父親抽剩了的菸。

燒盡的灰還能再次點燃嗎？黃美美不知道。一面抓緊著廣告看板，一面撩起長袍——彷彿路在眼前生出自己的方向，歪歪曲曲通向另一條陌生的路——黃美美沒料到事情變得如此麻煩，她只想把日子過好啊，只希望小便通暢、女兒快樂、貓咪別再抓門了，為什麼要被捲入這場混亂之中呢？黃美美恨不得揪住那個流浪漢男人，問他如何才能夠活得灑脫？才能在街上浪蕩數十年？是否也遇上了更年期？

影子跌跌撞撞，時而騰空、時而墜地，人群向黃美美壓擠過來，先是一陣恐懼，隨即感到無以名狀的充滿與幸福——比起那一空盪盪的家屋，以及電視看著看著睡著的空虛，此時此刻竟讓黃美美安心不已，起碼還能夠證明存在的重量，起碼活著不是四壁寂寥的輕盈！黃美美奔跑著，腦海中浮現女兒手腕淡紅色的疤痕、金腰激動的表情，還有中年謀職的莫可奈何——生命似乎一步一步將黃美美逼到了角落，而黃美美連反擊的力氣都沒有，只顧著拚命逃、逃、逃。

就算跑了這麼遠的距離之後，依稀能夠聽見背後傳來的叫喊——黃美美回過頭，發現整個火車站已經被各式色塊給占領了！像一場未醒的夢，夢中夾帶奇特的氣味，帶有一絲絲髮香，一絲絲屬於女孩頸後濕潤的甜膩……它們活潑的揉捏著黃美美的肩膀，使黃美美越形放鬆，而那遲遲未解的尿意卻越發緊縮……黃美美停下來，想看清楚眼前的什麼，冷不防跌坐地上，原來是膝蓋抖得異常厲害！黃美美喘著氣，伸手到褲袋裡摸索：還好，錢包沒有掉，鑰匙也還在，獨獨手中握住的看板只剩下「頭家」兩個字，而身上的律師服也破了，留下參差不齊的條狀棉絮，彷彿流浪漢男人恆常的裝束——不，這絕對是個夢！這絕對是！

黃美美這麼安慰自己，眼淚卻怎麼也止不住。猛然想起失業前，有人揶揄著：「找不到工作有什麼大不了，名片拿來印上『總統頭家』不就是頭家啦？」當時，黃美美笑出淚來，而此刻——這肯定是場夢！黃美美心想肯定是她這陣子太累了，否則怎會一直處在頭暈腦脹的渾沌裡？更年期啊，該找個時間好好補眠才是（黃美美揣度著，粉圓今天會不會又在床上亂尿尿）。

黃美美試圖站起身，赫然感到下半身輕盈無比，滴滴答答的液體正從破了的律師服裡流出來，流了一腳！又腥又黃、不規則的液體流向身旁的水溝蓋，果然這個世界是傾斜的！黃美美望著它們一點一滴成為騎樓的一部分，成為這場混亂的一個可笑註腳——她扶著牆壁往前走，模模糊糊間，聽見有人驚呼：小姐小姐，妳，妳流血了啊！

是啊，她尿出來了啊。她終於解決小便的問題了！可以繼續往前走了，像個堅強的女性那樣往前走——「小姐小姐，妳還好嗎？妳聽得見嗎？」黃美美不確定她的聽力是不是正常？更年期該如何是好？她甚至不敢去想老父親的黑色淚水意味著什麼？直到暗黑墜入眼底時，黃美美依舊深深掛念著：

也不知道，女兒現在還愛不愛吃奶油蛋糕哩？

身分

從藥局出來，黃美美聞見一股揮之不去的杏仁味，辛涼刺鼻，連帶使她想起師傅家裡的洗廁劑——那個始終難以乾淨的浴缸，澡垢牢牢貼附於排水孔、水龍頭、壁磚，經年累月，以致每每泡澡時，總感到臀下滑膩而柔軟的不潔。

偶爾，她伸手去摳，指甲縫裡盡是髒汙，一聞：果然！生活了二十幾年的腥臊！她抬起頭，吐出一輪煙花，煙霧很快被風吹散了，四周漲滿的笑聲如潮水奔溢，有一片刻，她幾乎滅頂於這個小孩到處亂竄的公園底。

「我才不要為了他們而戒菸！」她想。

她有她的自由。她已經需要照顧一個孩子氣的男人了，難道還不夠令人疲倦？她抖掉菸蒂，看望一名小孩又吵又鬧，鼻涕大約抹到母親的裙襬了，臉龐露出難得的乾淨，但隨即又被泥濘的手心給弄髒。

她撇過頭，心底湧上一陣強烈的嫌惡。

「我只想好好愛自己！」她這麼告訴男人。

妳這算什麼？男人缺乏耐心的聲音聽來有些乾澀，總是一邊和她說話一邊餵魚──儘管，那個水族缸裡長年以來渾濁不堪。

黃美美並未多看他一眼。自公園返回屋裡，她發覺自己的小腿脛痛得很。不過是幾個小時前，沿著山坳裡的一處階梯往上爬，途中，師傅牽起她的手，以一種從來不曾有過的溫柔吩咐：「去……去叫妳『爸爸』別再抽菸了嘛！好幾年沒來賞花，健康一下不好嗎？」

「就是啊！」男人附和：「醫生都說抽菸是『萬惡之首』哩。」

黃美美冷不防朝他噴出一口煙。

男人近乎哀求的：「妳就少抽一點……從今天開始，一天五根，這樣好不好？」

「抽菸對『小雄仔』真的很不良啊。」

噁心。黃美美仰起頭，猛然一吸──從什麼時候開始，這個男人變得這般怯懦？煙霧自她的鼻孔長長噴出，像兩支長長的象牙，牙尖頂住天花板、頂開房門，蓬蓬糅雜了酸與甜的熱氣迅速從四面湧進來，烘烘衝撞著黃美美，使她滿頭大汗。

黃美美沒好氣踢翻腳下的瓶瓶罐罐：「我想吃冰。」

「我要吃八寶冰。」

「什麼冰？」男人翻開皮夾，找了半晌：「我們……只剩下一百塊啦。」

「一百塊？」黃美美又抽口菸，陡然拔高音調：「一百塊！」

「一百塊你還敢叫我生孩子！」

她扔過一只杯子，又扔出半支菸。

男人上前抓她的手：「妳這是幹什麼？」

男人阻止她搥打肚子：「妳冷靜一點好不好？」

男人忍不住吼起來了：「我叫妳冷靜點！」

光線搖晃，茶几上，那具老舊的水族缸裡有青翠的水珠飛濺而出，一包魚飼料灑了一地。

「大不了，」男人緩緩放下黃美美的手：「大不了──」

他賭氣似的：「大不了我們再去搶不就得了？」

●

我們──從什麼時候開始，她和這個男人變成了共同體？

黃美美覺得極其疲憊，穿過跳舞的人群，發現她們的笑容盡是僵硬；穿過好幾條狗競逐於草地，鬧哄哄的人聲此起彼落：「來福回家囉！」「小黑小黑，嘖嘖嘖……」穿過溜冰場，幾名小孩正由父母幫忙他們脫鞋脫護膝，姿態高傲得像個小皇帝──黃美美心緒一上一下，將菸踩熄，煩躁像夜底鍥而不捨的蚊子，聲音由模糊而清晰——她聽見那個眼睛圓亮的藥劑師對她說：「妳別緊張，有時候那個不來很可能是工作壓力大啊。妳仔細想想，上個月是不是都在加班，是不是都很忙？」

黃美美下意識摸摸肚子，也許出於心理作用，也許真的懷上了孩子，掌心竟傳來隱隱約約的律動，溫熱而私密而活力勃勃，似乎暗示只有她能夠明白的意義——一名活蹦亂跳的傢伙！一個又笑又叫的小鬼！小皇帝！

「怎麼樣？」藥劑師推了推眼鏡：「想起來了嗎？」

黃美美搖搖頭，心手裡的鋁箔片霹哩啪啦。

「記得啊，七十二小時內服用！」

雲層一寸寸迫近過來，遮蔽光，遮蔽一株細長的阿勃勒——還有那個落單的小女孩：她一面走，一面開心踢著小石頭，未嘗注意到涼亭底下一雙雙空洞而色情的眼神——黃美美現在才驚覺，一到黑夜降臨，這個公園儼然成為遊民（而且大部分是男人）的「住所」。也難怪從剛剛起，她便感到身後一股雄性的、鬼祟的氣息不斷搔著捏著，使她原本紛亂的思緒更形紛亂。

打算扔掉菸蒂時，一名鬍渣男猛然欺近：「喂，一千塊要不要？」

什麼一千塊？黃美美瞪著眼，一隻手警戒的伸進口袋。

「裝青啊？再裝也不是『原裝進口』啦！」男人呵出一口酒氣。

「妳不要太囂擺喔，一千塊，啊？」

這時候，黃美美岔神想起：她和男人相遇的那個夜晚，屋外滂沱大雨，他們都有些醉了，思緒卻仍不肯停止，話題圍繞著童年往事、情感傷害，以及許許多多——那是他們第一次見面吧？或者，她記錯了——那天其實是一個寒冷的冬季早晨，當她準備離開二十四小時營業的漫畫出租店時，男人冷不防對她說：「欸，妳怎麼長得那麼像那個妮可．羅賓？」那是一位集不幸於一身、卻擁有智慧與美麗的漫畫女主角——

她不確定哪個情節才是對的？

黃美美仔細思索，關於他們「愛上了」的關鍵時刻？越想越霧裡看花，令她忍不住在心底大喊：統統不對！她和男人是在網咖認識的吧？他們甚至還在線上遊戲組織了一個「家庭」，並且說要天長地久永不分離，不是嗎？

為什麼事情到後來總會變得一團糟呢？

「喂！」粗糙的手掌推了她一把，隨即聽見鬍渣男唉唉唉：

——痛痛痛痛！痛死我啦！

——我要死啦！

——要死了啊！

黃美美飛快跑出公園，徒留鬍渣男跪地緊握虎口，似乎有什麼氣味蛇移至地面，一路尾隨著黃美美跌跌撞撞。微弱的光照中，隱約可見凸起的刀尖刺穿了口袋，一明一暗、一暗一明，森寒搖晃於黃美美的衣襬下。

「總有一天，」黃美美一面跑，一面顫抖的想：「我一定要殺了他。」

●

「總有一天，」黃美美問男人：「你會不會把我忘了？」

男人大概被問煩了，嘀咕著：「又來了。」

「那不然你說，你為什麼愛我？」

「就是愛啊。」男人嘆口氣。

「有多愛？」

「反正就是很多很多嘛。」

「很多是多少？」

「妳很無聊耶，這個問題妳早就問過了啊。」

「我想再聽一次不行嗎？」

「妳到底想聽什麼？」男人背過身：「有空想這個，還不如想想妳該戒菸的事！」

水族缸裡的水已經渾濁得不能再渾濁了，奇怪的是，並沒有任何一隻魚翻肚，依舊可見水面時而濺起些許水珠。微光中，黃美美望見玻璃上的倒影：長髮、細眉、細眼、細唇——她摸摸自己的臉，又摸摸臂膀，同樣是細骨架、細手腕——黑夜覆蓋著她的身體，原本該有陰影錯落的靜默，黃美美卻聽見什麼聲響。

滴答滴答，像是遙遠空曠裡神祕的私語——黃美美撐起身來，聞到一股近乎泡麵抑或便當發餿的餿澀——滴答滴答，狹仄的房間擱置了一張偌大床墊：彈簧外露，床面凹陷，就這麼直接擺放於地面——滴答滴答，滿地揉皺的發票、或黃或紅的衛生紙、發了霉的衛生筷……黃美美走進浴室，發現臉盆一片乾燥，水龍頭包覆著一層白色泡沫痕跡，扭開時發出陣陣空虛的哀叫。

他們已經被斷水好幾個禮拜了。

黃美美坐在浴缸邊緣，伸手摳著摳著，嗤嗤的塑膠質感不若師傅家裡柔軟的澡垢，一躺進去總有被輕輕抓住的錯覺——每個週末，她照例走進那幢屋子，扮演一名「女兒」的角色：從年輕起，師傅便無法生育，於是她成為他們的孩子——她記起從前和男人一起泡澡，擁擠的浴缸擁擠著心事，他們腳趾碰著腳趾，雙頰泛紅、指腹起皺，聽見男人低低說：

「所以說，妳媽為什麼要離家出走呢？」

「也是啦，不然她要留在哪裡？」

「這樣子啊，難怪妳這麼討厭妳爸。」

「沒有身分證有什麼關係？明天我幫妳去弄一張！」

「妳不信？」

「只不過是一張紙嘛。」

黃美美聽見男人這麼漫不經心，咬緊脣，幾乎衝著他大喊：你知不知道我為了那張紙吃了多少苦！

男人攤開掌心，裡頭有一對白色藥丸，他們一起吞下，並且扭響音樂、扭腰擺臀——非動不可！否則心有千萬蟻囓！這還不是痛苦的極致，一旦成癮，那才叫萬劫不復，唯有在汗水淋漓中盡情擁抱，吻——含蓄之吻，法式靈魂之吻，鹹濕之吻——黃美美拚命跳著，努力記起她和男人最初相識的過程，卻不知不覺陷入回憶最深的流沙，無法呼吸的同時，有人自身後緊緊抱住了她，暖熱的氣息熨燙著她的後頸，使她起了雞皮疙瘩。

她聽見滴答滴答，不知是汗水抑或什麼的墜落聲響。

滴答滴答。

黃美美動也不動弓著身，面牆，似有若無的抓搔在她的小腿脛上來回移動——臨睡前，她仍不肯放棄凝視水族缸裡的魚——她的細手臂、細眉、細眼、細脣……她變成了一條魚，在渾濁的水裡反覆優游，看吶，我就是美人魚啊。

看吶——黃美美在半夢半醒間抽動了一下，她的腿上有幾處又大又小的瘀青，像一枚一枚睜開的眼睛。

她睡著了，懶得和男人爭辯。

●

遙遠的視線裡，可以看見幾名國中生被一輛機車攔下來，雙方不知交談些什麼？

接下來的畫面迅速運轉，後座的人影（看起來應該是個女人）很快搶走了其中一人的行動電話，離去前，女人朝巷口回頭瞥了一眼，似乎在意著有無監視器？

●

從大樓的監視器畫面看上去，黃美美的表情略顯僵硬而平板。

這棟老公寓不知從什麼時候開始，也跟著其他大樓添設了這樣時髦的裝置，黃美美因而心虛低下眼，對著電梯裡的鏡子撥弄瀏海——吃驚於自己浮腫的眼袋、脖子底下生出一圈圈紋路，怎麼看都不像二十一歲？

黃美美撫摸著粗糙的頸、雙頰，突然對於這一趟回家湧起極大的厭惡。

父親說，妳終於轉來啦？

她盡可能不去理會那張輕笑的表情：「我回來拿點東西。」

拿錢嗎？父親又問。

這下子，她再也無法平心靜氣：「就算拿錢，也不是跟你拿！」

原以為將爆發一場衝突，卻聽見父親不疾不徐：不必找了，整個家只剩下幾千塊，要否？

說著，掏出一張紫鈔：吶？

黃美美毫不猶豫甩開他的手：「不要碰我！」

她走進房間，發現桌椅早已不知去向，連同擱在牆角的吉他也不翼而飛，只有床還是原來的那張雙人床——現在，她終於明白為什麼父親有錢了——她簡直想衝出去大喊，或者將所有的東西砸爛！但她放棄了，兀自坐在床沿深吸口氣，一股熟悉的味道衝上來，過去的時光變成陳年的酸澀，連帶內心極為底層的部分也懸浮著潮濕的霉斑，嗶嗶剝剝。

怎麼樣，不要嗎？父親仍不死心。

黃美美問：「我的那些東西呢？」

什麼東西？父親指指另一個房間：妳看看那些是不是妳的？

房間裡大部分的家具不僅被變賣，就連她的美髮物品也被清空了——有一陣子，她想說學得一技之長也不錯，於是從洗頭小妹做起：按摩、沖水、搓揉……不過幾天的時間，那些人頭模型、燙髮器、染髮劑什麼的，皆被廢棄於角落，只有她明白，半途而廢並非意味著遺忘，而是代表她開始服用白色藥丸——那一琉璃世界呵——她的手抖得實在太厲害了，客人們經不起那般使勁，他們的臉上全掛著白色泡沫，狼狽的向美容院老闆告狀。

喔，這麼快就要走了啊？父親的眼神始終沒有離開過電視機。

什麼時陣擱轉來？電視螢幕上爆出一陣尖叫。

閃閃爍爍的光影在黃美美臉上跳動，她不知道該以什麼表情面對父親——面對一個家——空空盪盪的客廳、廚房、臥室，又酸又甜的氣味沉降，層層壓迫著這一矮仄空間，而父親安穩的坐在皺巴巴的沙發底，動也不動，成為椅子的一部分。

怎麼了？父親喝著啤酒問。

她其實很想問問，當年母親不告而別的理由？但她明白這將是一場徒勞，充其量聽見父親永無止盡的抱怨，以及反覆的片段：比如說，妳母親是個好脾氣的女人；是一個笑起來像玫瑰一樣好看的女人——是一個，「絕情」的女人。

黃美美幾乎以奔跑的姿態離開那幢公寓，她跑得那樣急促，以致原本就不甚牢靠的高跟鞋折斷了鞋跟，一跛一跛，最終跌倒於人行道上。撲地的影子一顫一顫，像哭，肩頸抖個不停。

黃美美心想，她有多久沒自然流淚了？

吞下白色藥丸後，淚水往往不由自主流出，甚至口水也自嘴角淌下——在狂亂的音樂中，所有身上的體液皆往外移，內在的水分越形單薄，感情也越形乾澀。

「妳就不能忘掉過去嗎？」男人說。

怎麼忘掉？當初由產婆接生，在申報戶口時，產婆已然過世，故而缺乏出生證明，再加上母親不告而別，身分的證明益形困難——父親說：「為了妳，我真的盡心了。我實在不知道還能怎麼樣？」——她覺得這是一句藉口，正因為父親的無能，使得長期以來，她沒有身分證、也沒有設籍，形同「幽靈人口」。

是啊，她是個沒有身分的人。

「那又怎麼樣？」男人漫不在乎的神氣，繼續往魚缸裡倒飼料。

黃美美狠狠瞪了男人一眼。她說，因為沒有身分證，她沒法上學、也沒法找工作——小學入學時，雖然曾經透過管道向學校「借讀」了二年，之後因為沒有戶籍而輟學了，所幸後來認識了師傅，經由她的教導而理解更多更多——黃美美想到這裡握緊了拳頭：為什麼父親會這樣消極呢？母親呢，母親是因為這個原因才離家出走的嗎？而今她在什麼地方生活？夜闌人靜時，會想起女兒嗎？

「也許，你爸當時正為情所傷吧？」男人在魚缸前拍拍玻璃，自言自語：「好像該換水了喔？」

黃美美撇撇嘴，揣想她父親那副吊兒郎當的模樣，說是為情所傷，誰信？她摸摸腿脛上的瘀青，那些恆常以來因為激烈搖擺肢體而不慎撞傷的痕跡，由紅轉紫、由紫轉黑，有大有小，也就像大大小小的眼睛：爭相向外張望，不知凝視些什麼？

「妳看，這隻魚的肚子好大唷？」男人嚷，像發現新大陸那樣。

有嗎？黃美美僅僅看見一整缸渾濁的水，水面上泛起一圈圈氣泡，似乎是魚隻不甘寂寞的表示——打從住進這個房間開始，黃美美就從未見過任何一條魚，只有男人興沖沖的一會說這條魚如何如何、那條魚怎樣怎樣，彷彿那是一場想像，一如她長期以來未嘗被承認的身分。

「那個……」男人突然語氣一轉，聲音乾乾的：「那個，醫生說怎樣？」

什麼怎麼樣？

她踹開腳邊的瓶瓶罐罐，躺在那張已不具彈性的床上，感到疲憊異常——黃美美閉上眼，很想就這麼一覺不醒——究竟生命像場夢，抑或者，夢本身就是一場生命？

在夢中，她看見一枚奔跑的人影：濃密的長髮發散冷香，腳脛纖細跑得那樣輕盈，以致以為下一刻即將抓住她——「媽媽？媽媽？」她不明白為何自己那樣肯定，只覺得女人身上的香氣那樣熟悉，而她拚命追趕著，卻在轉角遺失了對方的蹤跡。

「怎麼了，女兒？」師傅坐在床沿問：「又做噩夢了？」

「我……」黃美美沒再接下去，腦袋一片昏沉，四肢乏力。

週末午后，她照例在這個「家」扮演一名「女兒」的角色——她如何認識師傅的呢？她追索著，越想越發頭痛起來。師傅問她，要不要喝杯水？肚子餓了嗎？待會叫妳「爸爸」帶我們去吃小籠包好不好？

她不知道該如何回答？師傅今天特別塗了眼影，嘴唇亦擦了亮彩唇蜜——然而怎麼看，都無法遮掩年歲在她臉上刻鑿的痕跡：法令紋從鼻翼兩旁蔓伸至嘴角，無時無刻扯動她的笑容；再厚的遮瑕膏也難以粉飾逐漸浮現的斑點——甚至，一股混雜了酸與甜的動物性腥臊，幽幽自師傅的頸後挪移過來。

黃美美撐起身，望著師傅整理房間的背影，意識到整個下午，她們就這麼待在這個房間裡，哪裡也沒去。在她昏睡之際，師傅進行著並不具意義的打掃動作。「他呢？」黃美美問。「別提妳『爸爸』了！敢做不敢當，還不肯承認！」師傅氣沖沖將一只保特瓶扔進垃圾桶，細碎的果蠅飛竄開來，嚇了兩人一跳。

簡直像一齣荒謬劇。一直以來，黃美美都無法理解，為何師傅要和這個有婦之夫生活在一起？從年輕到現在——師傅說了不下數十次關於他們戀愛的故事——他們都老了，但他們仍然不敢放心的在大街上牽手，雖說如此，師傅還是依著有婦之夫的要求，希望黃美美能夠作他們的「孩子」，能夠成為「一家人」。

爸爸。媽媽。女兒。他們生活在一幕幕的舞台上，有最真實的互動，卻懷抱著極不確定的情感。往往，黃美美看著師傅日漸衰老的表情，感受到師傅其實和她一樣，皆是不具「身分」之人，卻亟欲確認身分、獲得身分。

黃美美曾經問過師傅：為什麼？那時候，她們的面目隱匿於蒸騰的熱氣中，溫泉的硫磺味使得空間充滿了神祕的情調。那是黃美美第一次目睹師傅的身體：腰肚微凸，兩脅浮動著鬆垮的胸肉，似乎什麼都往下墜。「為什麼愛上了？」黃美美再度提問，只聽見自己空洞的回音。師傅不知何時將她摟進懷裡，她感受到人體的柔軟，先是一陣遲疑，繼而緊緊貼在那一對失去彈性的乳房上，噗咚噗咚，噗咚噗咚，她聽見急促而激烈的心跳。

如斯靜謐，如斯溫暖。水氣自黃美美的眼窩流到師傅的身上，以致她們皆滿臉淋漓。黃美美突然好倦好倦，厭惡了扮戲的虛假。

她想起那個從未謀面的母親，一陣激動。

●

「又想起妳媽了？」男人扭開音樂，節拍一震一震敲動心坎，掌心裡平躺著白色藥丸——黃美美知道，男人試圖用他的方式來安慰她，但她卻懶懶的不想動。

「來啦來啦，搖啦搖啦！」男人拉起她的手。

黃美美意識到，男人需要的也許不是她，而是有人陪伴。她甚至進一步想，將來孩子生下來呢？他還會繼續搖下去嗎？他會不會只是將這一切當作一場遊戲？

她推開男人的手，望向窗外，遙遠的夜空有點點星光——「今夜星光燦爛」——不知是誰曾經唱過的句子，那樣悠緩，卻感到時間的倉促，似乎再一秒鐘，星光將要暗滅，取而代之的是滿室震天價響的樂聲，以及眼花撩亂的金星。

男人又試著拉拉她的手，這一次，黃美美憤怒了，虎的將音樂切掉，將藥丸丟出窗外，和男人怒目相對。

男人說：「妳這是幹麼？」

黃美美道：「我要睡覺！」

男人說：「那妳就睡啊，幹麼亂丟東西？」他看看窗台底下，迅速的跑下樓去了。

黃美美將門鎖上，睡去。睡夢中，她持續不顧一切的追逐著那個長髮女人。

●

其實，她曾經試著憑藉記憶尋找過母親。

那是父親帶她去尋找的灰色公寓。他們遠遠站著，看見一名長髮女人挽著籃子，面目遮蔽於闇影之下，骨架一如黃美美纖瘦。

那就是妳媽媽。

黃美美不確定是否聽見了這樣的低語？只覺得眼前湧進大量空白，一瞬間看不清楚，等強光過去之後，女人早已不知去向，徒留空盪盪的公寓大門與空盪盪的街道，以及頂樓一簇小花蔓澤蘭一搖一晃。

「走吧。」父親說。

黃美美有些詫異，沒想到他們千里迢迢為的就是這幾分鐘的一瞥？事後，她問父親，為什麼不上前和母親說幾句話？為什麼不挽留她？他帶她去看她，難道只為了證實照片裡的母親和現實中的母親，彼此的形象落差並不大？

人家有尪了啊。父親神情落寞的搓著手，說起母親其實是有夫之婦，只因丈夫入獄，一時寂寞與他同居，等到孩子生下來之後，再度重返原本的家……

許多年後，黃美美再度找到那一巷子，然而人事已非，四周高樓投下巨大的闇影，記憶中的那幢灰色公寓早就不知去向，只有門牌號碼依舊。她試探性的在門外張望，一名警衛人員狐疑的望著她。

黃美美沒有多做停留，和男人共乘一部機車騎遠了。回程的路上，男人一時興起說：「去搶一票，好否？」不等她答應，車子已經停在二名國中生面前，重複起千篇一律的台詞：聽說你對我朋友不爽是不是？不要跑！喂！還想跑！手機留下來，錢也留下來，等等去找我朋友來對質！

黃美美極其漠然的望著那二個臉色蒼白的國中生——從前的時候，她總是撇過頭去，而現在，她不帶情感的注視著她們——她接過了手機及錢包，一路上緊摟著男人的腰，風在耳邊咻咻嚎叫，她同樣聽見自己的心口破了一個洞，因而她緊抵著男人的背，似乎那是最後的依靠，也是最不踏實的依靠。

她多麼後悔當年沒奔上前去，喊那個長髮女人：

「媽媽。」

媽媽。

●

黃美美呢喃低語，再度走進公園，成群的鴿子在入口處啪啪四散，她張開手，飽含了泥土與落葉的氣息湧入她的肺葉。四周照例是啊啊大叫的孩子，他們永遠精力無窮，又跑又跳，就連日正當中也不例外。

黃美美感到下腹隱隱作痛，虛脫自腳掌一點一滴浮升上來，使得她產生一種「什麼都沒有了」的沮喪與挫折——從診所裡出來，她的內在彷彿完全被抽乾那樣——無法確知真正的情緒究竟是什麼？

她坐在那株開滿黃花的阿勃勒底下，光影浮動，炎熱的溫度壓在她的肩上，像馱著一名小孩——經過這麼多年的追索，她心底的那個小孩遲遲沒有離去，而她的心越發堅固、越形狹小。

正要扔掉菸蒂時，一名經過她身旁的小朋友突然對她說：「姊姊，不能亂丟垃圾喔。」是一名臉上有些骯髒的小孩，然而眼神明澈瑩亮，柔順的頭髮散發出油膩光澤，從泛黃的領口看來，應是沒人管的小孩吧？黃美美怔忡想起那二年在學校讀書的時候，工友伯伯是六十幾歲的退伍軍人，不若老師流露鄙夷的眼神，會在放學時叫住她，問她一天上課的情況、中午有沒有吃飯，並且為她編兩條小辮子。

那是黃美美最期待的時光，像沐浴在全然金黃的光度裡，每個傍晚她仰起頭，順從的讓工友伯伯為她梳頭、綁辮子，偶爾塞給她幾顆糖果——幾個月之後，工友伯伯不再出現了，取而代之的是表情嚴肅的婦人，她不假辭色的揮揮手，要黃美美從此不要再靠近工友室——訓導主任、校長亦分別找黃美美到辦公室，懇切而婉轉的詢問：是否被工友伯伯「傷害」？工友伯伯是否脅迫她做了什麼？

他們笑得那樣親切，以致牙齦又濕又亮，一股體腔的臭氣衝到黃美美臉上。

這一刻回想起來，黃美美才明白，當年工友伯伯被誤會了。

她抬起臉，像在診所裡看望天花板，腦海中一片空白，只聽見冰冷的、堅硬的金屬碰撞著金屬的聲響，偶爾有乳膠手套黏澀的摩娑，使得黃美美微微一顫——醫生說：「放輕鬆，放輕鬆，沒事的，沒事啊。」

怎麼會沒事呢？

她覺得殘忍，因為她正對付一個手無寸鐵的，自己體內的孩子啊。

又一名小孩經過她的面前。孩子圓軟的手心抓住母親的衣角，母親撮起嘴來嘖嘖逗弄小孩，黃美美看在眼底，想起許多個夜晚，她不正是這般企求愛、奢望情感嗎？而現在，她一個人坐在這裡，坐在到處亮晃晃的公園裡，七月盛夏，她竟感到體內湧出無以名狀的涼意。

她忍不住想吃一顆白色藥丸，似乎只有在更混亂的充滿裡，她的心情才得以平復。

人們究竟如何看待「異常」這件事呢？

黃美美坐在生硬的鐵製板凳上，佩戴著警徽的男人問：「妳的身分證字號？」——時光倒轉，幾個小時前，她和男人以現行犯被逮捕，那一刻，黃美美心底竟有一絲絲解脫的快感，那意味著，她不再需要擔心，她甚至不再需要為她和男人的情感而煩惱，一切的一切皆可藉著這一次契機，重新盤整——也許，能夠從此阻斷她對母親追索的執念也說不定？

承辦的員警相當吃驚她沒有身分證，經過電腦確認後，證實她沒有戶籍，當然也就沒有口卡，故而撥電話請她父親到現場說明。

黃美美望向窗外，一抹微雲正緩緩滑過天際，傍晚時分，雲層全染上橘黃，漸漸轉為灰藍，眼看紅日就要消失了。父親懊悔的向員警辯解，說起老婆、說起有夫之婦、說起教育程度不高……員警開始聯絡社會局、民政局，畫面高速流轉遞嬗，一名女性員警走過來為她梳頭，這使得黃美美微微一驚。

「待會要拍身分證的照片，所以要梳頭啊。」女員警說。

黃美美不敢置信，再三確認，等到聽見稍晚即能取件，眼眶不由紅了起來：「那這樣，以後我就不再是沒有身分的人了，是不是？」

女員警沒有說話，靜靜幫她梳著頭。一瞬間，黃美美想起陌生的母親，眼前盈滿澄澈的光度，近乎天使的明晰——那些二十餘年來背負的、無法被諒解的全部，此刻俱在她的身後起伏震動——她微微仰起頭，看見窗外一架飛機拉出一道長而白的痕跡，在這一充滿現代性與拘束力的警局裡，她竟感到輕鬆與自由。

迢遠的視線裡，那個長髮的女人依舊奔跑著，但黃美美此刻已生出信心，肯定在不久的將來必然追上她——

「來，看這邊、看這邊，輕輕微笑就好，不要露出牙齒。」

黃美美直視鏡頭——頭髮梳攏，眼袋浮腫，臉如白紙，脖子底下生出一圈圈細細的褐黃的紋路——

然後，她聽見相機俐落響起：喀嚓。

喀嚓。

鸚鵡

恍恍惚惚，金腰說了什麼，她沒聽清楚。

只記得正準備滑入那個無色無味的夢中，金腰這麼一嚷，她便醒了。醒來之後，再也睡不著了。眼前是天花板慣有的蒼白——大片的蒼白——彷彿金腰睡前服用的小藥丸，難以想像如斯神奇的效果？所幸，她早就放棄和年歲拚搏了，甚至，漸漸習慣，晨起鬆垮的臉。

黑暗中，金腰繼續叨念：「……皺皺的，黏黏的，嚇人吶。」

又是那件事。

她直起背脊，揣度著金腰是否藉此暗示什麼？

「紅通通吶，害我洗了好幾遍手！」金腰激動起來。說的是今早在女兒房裡發現的保險套：它們從衛生紙堆掉出來，像被遺棄的腔腸動物，暗紅並且乾癟。金腰避諱的，始終以那東西稱呼之，語調卻不時飄揚——那東西皺擠，那東西瘦長，那東西——金腰換口氣說，當時沒再多瞧塞回垃圾桶底，一股似曾相識的氣味卻侵擾著他，使他一面洗手一面居然想吃一塊榴槤……

什麼跟什麼。

她越來越無法理解金腰。好比幾天前，陽台出現一條丁字褲：棉質金邊，褲襠透明薄涼——她困惑著，金腰總穿四角褲不是？那六十好幾的身形被緊箍於那細窄的織料時，是否變成什麼——她不敢再往下想。

金腰翻個身：「聽到沒？有空管管妳查某囡！黏黏的呐。」這麼多年來，金腰的臺灣話就是說得彆扭。

她沒作聲，還在思考那透明的震撼，它帶她重返年輕時的激情：時鐘滴答滴答相應和——而現在，他們沒了動靜，也不是沒動靜，而是金腰從很早以前就不再有興趣（金腰說：「老囉，年紀大啦。」）——偶爾，她想要求什麼，且看金腰有氣無力，不免學會了放棄，學會記得夢中的自己：十七歲的自己和男孩躲在司令台後，親吻時手腳湧起冰冷的觸感……

她瞪大眼，肩頭遭到一陣襲擊，是嚙咬！殘留的唾沫在冬夜格外濕冷——「喂……」一時間，她不知如何面對金腰突如其來的舉動——金腰奮力朝她的身體又舔又咬（像又咬又舔一塊排骨），欲望噴發，攪得她耳下恍若嗅著一隻沒完沒了的狗。她掙扎著將金腰推開，反而被壓得更緊更緊，窒息的恐懼使她一雙腿蹬跳如瀕死之魚。

一定是哪裡弄錯了。她無法置信。

一定是她還在夢中還沒有醒——否則，怎麼會吱嘎吱嘎？

怎麼沒聽見滴答滴答？

（那黑暗裡惱人的的時鐘呵）

●

同一時間，一對年輕男女停下了動作。

「怎麼樣？」男人脊背冒汗，裸露的臂部冷不防打了個顫。

你沒聽見嗎？

「啥？」

吱嘎吱嘎啊。女孩撇過頭，頸弧濕亮——分明是寒流來襲的夜晚，汗水竟流了一臉——腿肚同樣濕濕亮亮，亮亮濕濕的勾在對方的腰際上。

嘎吱嘎吱啊。女孩強調，吱嘎吱嘎的叫聲你沒聽見嗎？

「什麼嘰呱嘰呱，妳很無聊耶妳。」男人猛然從女孩身上離開，逕自摸索起打火機。

一定是這樣沒錯。女孩相信，吱嘎吱嘎的叫聲肯定來自那兩隻鸚鵡——近來，父親迷上了牠們——碩大的金剛鸚鵡養在陽台上，時而和屋外的鳥禽叫囂，時而趾爪刮磨驚擾她的眠夢——母親說：「恁爸啊，也不知伊在想啥，害我失眠落枕！」她確實不瞭解父親，也不懂母親，只覺得鸚鵡無法無天，沒完沒了的羽絨終日黏身，稍一撩撥總會引起滿室劇咳與浮塵亂舞。

「冤仇啦。」她母親嘆。

事實上，父親不久前還執著於養鴿。每到傍晚可以看見奮力揮舞紅旗的身影，惹來鴿群報以豪爽的排洩物：日積月累的鴿子大便多麼令人心煩！好幾次——「妳才煩咧！」男人冷冷打斷她：「妳真的很煩！不想做就不要做！講這些有的沒的幹麼？」忿忿丟下打火機，又去摸索另外一個，非抽到菸不可的決心。

自私自利。女孩討厭男人這個樣子，一如父親長年以來對家庭漠不關心，只有養鳥這件事足以讓他笑開懷。為此，母親嘆：「當初就想說伊是軍人，生活應該沒問題……那些鴿鳥，那些……」她望著母親當年因為車禍留下的疤，脂粉遮掩不住的暗紅像一只紅龜粿，靜默又突兀的伏在右臉上，使得母親一直以來深感自卑，並擅於武裝自己。

也許是這個原因，母親當年才決意嫁給相差十五歲的父親吧？

而父親呢，迎娶母親的理由又是什麼？

「妳煩不煩啊？」男人粗起嗓子：「你爸媽的家離我們這麼遠，怎麼可能聽見什麼鳥叫？」

「每次都這樣，叫妳去看醫生還不去！」

她沒作聲，揣度著男人之所以找不到打火機，想必是今日母親來過這裡吧。連帶意識到，自己和父母親住在同一條街的事實——究竟有多久沒回家了呢？她心虛著，同時感到不耐，想起當初母親放心不下她離家，為她找來這間公寓，並且答應「各過各的生活」，豈知不時藉口整理房間或者拿走待洗衣物——誰叫她遲遲沒買洗衣機！

「我看是妳腦筋有問題！」男人穿上襯衫：「上次妳不是還說聞到妳家的香灰？」

是啊。她說那是母親從王公廟請回奉祀的千歲爺，很靈驗，好多人打了金牌來還願。她說——男人砰的甩門去遠了，四周霎時靜下來，靜得令人空慌。肯定是不夠專注的緣故吧，否則那樣尖銳的啼叫怎麼可能聽不見呢？她緊緊環抱雙腿，以為男人根本就是個不折不扣的遲鈍動物，心口不由湧上一陣倦意，對於他們的感情帶點放棄的意味。

她抬起頭，盯住天花板，仍不死心的傾聽，甚至聞見那股再熟悉不過的氣味——她很仔細很仔細的嗅聞，赫然發現桌下躲著什麼？

吱嘎吱嘎。

吱嘎吱嘎。

因為那聲音，她一夜難眠。

原本晨間總會被吱嘎吱嘎的金剛鸚鵡喚醒，而今，鳥籠遮起帆布，靜靜懸掛於陽台間。分明無一物，哪來粗啞的哳喚？她反覆檢查籠底，鐵鏽斑斑，像血，一片片風乾於支架上……做工竟這般薄脆？當初那個老人還拍胸脯保證是美國不鏽鋼——她嘆口氣，又摸摸籠骨，心想也許再養點什麼？

「別找啦，就跟妳說是耗子嘛。」金腰突然從背後欺近，她一驚，想起昨晚似夢非夢的掙扎，壓迫性的汗水紛披至胸、至腰肚，以致現下鼠蹊隱隱作痛——「再不吃，粥都要冷了。」金腰的臉龐浮現一抹不屬於雄性的紅暈，說不上來的陌生美：如暮靄，如夕照，在頸口投下尖尖的蜿蜒的暗影。

一夕之間，金腰變成一件丁字褲，而她還未適應其上絲軟的觸感——她下意識移開目光，揣度著金腰越形活力勃勃的緣故：難道是著迷於營養食品抑或登山保健？她不懂，再度將鳥籠套上帆布，用來棲息的橫桿殘留著深淺不一的爪痕，回想過往鸚鵡入睡時，總將頭臉埋入彼此羽翼，而今——她困惑著：莫非年紀大了，產生不得不的幻覺？

金腰意味深長的遞上來一口海鮮粥，幾隻章魚腳險些噎住了她。

肯定是她這陣子太過閒散了吧。又或者，一時間失去了兩隻鸚鵡？三分鐘熱度啊。她瞥了眼金腰：大口大口咀嚼菜瓜，皺紋在脣上歡快起舞，連帶這個早晨也歡快的張開它的觸角：搔癢她、撩撥她，使她看見從前那個初來乍到的自己，一切是那樣陌生，一切像汗水流進眼窩，她不清楚是否哭了，只記得心底升起那幅靜謐的畫面：午后時光，父親一面為母親擦汗，一面靜靜搖著扇子……

「咦？妳怎麼不動筷子？」金腰一嘴腥膩。

究竟哪裡不對？金腰一點一滴重拾青春之顏，而她卻一寸一寸老下去，一如塵封的鳥籠空盪盪、灰撲撲，總以為有些什麼，卻一再落空。她盯著金腰身上不合時宜的花襯衫，揣想他是怎麼辦到的？如何才能越活越回去？

「快吃啊，等等我要來去找陸老。」金腰呼嚕呼嚕喝著粥。

她想起每週固定前來採訪的那個研究所男孩——最初陪同老教授登門拜訪，說是希望金腰為時代留下見證——男孩的側臉紅撲撲，像極當年司令台後的青春……好幾次，她的視線停留在男孩臉上，聽見金腰結結巴巴：「多麼，多麼——啊，臺灣話怎麼講？」

屋外啁啾的鳥叫照例惹來一陣犬吠，平添這個早晨格外喧鬧的躁動，然而心口盈漲的那份落寞卻難以消散。

她其實很想再年輕些。

「中午記得把飯菜熱了，」金腰交代著：「中午不回來吃了，哥倆喝一杯。」

她聽見研究所男孩婉轉的語氣：您累了請您多休息吧今天就到此為止不好意思，尹先生尹太太。

她點點頭，又搖搖頭，怔忡望著金腰往外走——他到底哪裡不同呢？她捏捏昨晚被弄痛的肩頸，很希望能夠更年輕點。起碼她可以告訴自己：此時此刻，聽見的不是吱嘎吱嘎，是嘰嘰喳喳。

●

沒有。

什麼也沒有。

沒有沒有。

虛空與倦累侵襲著她，使她一個腰軟癱坐於床腳旁。放眼望去：歪斜的書桌、埋藏過久的灰塵、受潮而腫脹的書頁——屋內除了一片狼藉，聲音依舊：吱嘎吱嘎。沒有沒有。沒有沒有。吱嘎吱嘎。

她這麼側耳，不可置信生出了幻聽，更不願屈從男人對她的責備——她才沒病呢。她好得很！事實上，如果情況允許，她還打算在寒假安排一趟丹麥自由行。「丹麥耶！」所有人意味深長的驚呼。她聳聳肩，懶得解釋，繼續撰寫公文、簽呈、交辦、存檔，久而久之，丹麥變成非常的日常，偶爾在茶水間加溫、回沖、稀釋。

典型的辦公室生活。生活是她養在桌上的一株仙人掌：小刺小葉，不夠憤怒也不夠優雅，只有同事間百無聊賴的耳語：「什麼時候結婚啊？」「聽說小梁和小米分手了啊，七年之癢。」「所以說，孩子還是要早點生比較好喔？」她附和微笑，笑著笑著像機械的影印機，吱嘎吱嘎。吱嘎吱嘎。幾次晨間面對魚貫進入這棟大樓的人們，她們臉上恰是那樣的表情：不知所終，不明所以。

她害怕自己也有如斯空茫的眼神。

「妳啊，妳的問題就是活得不夠現實！」男人說。

她有些生氣，每天朝九晚五難道不算？

「妳看妳，又來了！」

什麼？

「反正妳就是這樣啊，從來不想想我們的感情。」

我沒有。她搖搖頭，是你在逃避。

「我哪裡逃了？逃了我還站在這裡？」

是啊，上次你還說我們不會這麼倒楣，結果呢？

「我說過，我會負責。」

怎麼負責？你除了叫我去看醫生還會什麼？

「反正不會這麼倒楣！」

她因而沉默了。實在懶。懶得重複「早睡早起精神好」、「吃飯吃得七分飽」——關於這類標語式的情感對話——為什麼她的父母可以忍耐?忍耐彼此看報看電視卻不看對方的日復一日?「我哪有忍耐?」她母親反駁道:「是恁爸要讓我哩,我才不愛伊。」她母親強調:「我從來就沒愛過伊。」她望著母親漫不在乎的表情,儘管早就明白她嫁給父親的不得不,內心仍帶有一絲絲不確定的驚動——畢竟,不愛為何不分開?又如何能夠這麼長久的在一起?

不冷不熱、不急不緩的謎中之謎啊。她吁口氣,力氣放盡的無可奈何,也許是該告一段落的時刻了,她想。房間變成戰場,而她卻無從解決擾人的聲響,任憑堆堆疊疊的書籍、CD、衣服占滿地,令她意識到每一次大掃除表徵著一段情感的結束,但此時此刻她無力於清掃,只能將散落的事物一一歸位,像收拾一段凌亂的感情,一面想起從前還住在家裡時,為防堵無所不在的鳥類毛絮,養成隨手關窗的習慣,而今那習慣仍跟著她,以致屋內籠罩著汗與書本過於餳澀的氣味。

她打開唯一的對外窗,試圖讓空氣對流,「有病」的念頭揮之不去,卻在打包垃圾時,聞見似曾相識的,愛與愛碰撞、身體與身體交軌的酸與甜,於是她低下頭去細看——

「那是個時代悲劇……臺北像座死城，好多屍體躺在路旁，我開著吉普車經過現在的行政院附近，那些狗啊貓啊在那裡舔那個死人的血，幾十年了還是很深的印象……」

「那天早上，有一個姓高的上海小姐出門買東西，碰到暴徒被挾持了，把她的衣服脫得精光，按在地上，用那些石頭啊丟她……還有，還有一個小孩被摔成殘廢……」

「那時候我不會講臺語，我只會講福州話，因為在福州唸了半年書……這個臺灣人跟我們說什麼，我們聽不懂，他也聽不懂我們說的，然後我就要他把話寫下來，結果全部都是日語……」

她看著研究所男孩交給金腰的稿子，詫異那些印成鉛字的句子如斯陌生——它們當真是他說過的話嗎？她困惑著，原來金腰是這樣說話的？總覺得哪裡不對，但錄音帶裡流瀉出來的聲音極其真實，也就是他粗啞的嗓子——是誰上次去廣播電台錄音，回來得意洋洋到處宣傳，卻在收聽節目後大喊：「那不是我！那不是我！」

她放下稿子，起身拔去電鍋插頭——又是五味雜陳的蒸便當。近來，金腰中午經常不在家，說是登山社相約，每每鬆垮而出，精實而返，惹來她一個回頭一次吃驚！好幾次說不出話來，也不知從何說起，只是一味打量返老還童的金腰，以為那是硬擠的粽子：油光水滑，何苦為難年華？

但她感到羞愧。畢竟，在她眼中，金腰早已是無性別了——意思是，激情容易、恩情難，既然都說是恩情，又豈能心存雜念？倒是滿腦子的青春身影無止無盡：司令台後的稚嫩與二十五歲的研究所男孩，怎會令她念念不忘？她吃驚著，莫非金腰致力於追索青春的意志滲透到她這邊來？

什麼跟什麼。

她起身至陽台，試圖讓激動的念頭鬆弛些。現在，她已經不去在乎吱嘎吱嘎了——前個夜裡，金腰不耐煩：「傻啊，就跟你說是耗子嘛。」——她摸摸那具積著灰的鳥籠，試探性的拍拍它，除了鐵鏽，也只剩鐵鏽而已。想起從前兩隻金剛鸚鵡總喜歡輕啄她的牙齒，那種突如其來的被撞擊的震動，迄今仍令她記憶猶新。她想，也許該重新養鳥了。啁啾的燕子在對過的屋簷下盤旋不去，想必是雛鳥還餓著吧，隨即詫異：臘月嚴寒，怎會出現春燕？

她伸長了脖子，試圖看得更清楚些——情不自禁啊了一聲。

●

她沒再多看一眼。

那些蜷縮的米白色之物，令她想起去年冬季行經海濱時，無意間目睹沙灘上成群死去的水母：透明，紫藍，一寸寸黑蝕下去，一寸一寸成為團團的屍體，任憑海潮推移。她這麼驚心的告訴男人，卻換來一句悶哼：「妳小心點，那裡是軍事重地，妳最好別靠牠們靠得太近！」但她仍不死心，渴望覓得一隻倖存者，以便將牠扔回海底。以便挽救他們的愛。

她以為，這是一場冥冥之中的隱喻，否則怎會在對愛最絕望的時分，遇見這一幕死亡？她踩著塑膠袋似的水母屍首，踩著濕軟的沙灘，有一片刻，竟感到溫暖無比，彷彿踩在南部鄉下的焦土裡。水母墳場啊，面對一整片滿布死靈的現場，她逐一翻找，不放過一絲絲可能。也就是打算放棄之際，赫然發現那隻手足頎長的水母腔袋往外翻，內臟都跑出來了，卻掙扎著咻咻抽動，霎時她的腳掌湧上一陣刺痛——

「就跟妳說沒有啊。」男人依舊辯解。

「沒有就是沒有。」男人已經反覆不下數十次了。

「妳真的是個神經病耶妳。」果然，男人的耐心不超過三分鐘。

她掛上電話，重新倚在床腳旁，不知如何面對那些——包覆於衛生紙的，好幾團好幾團的——乾癟的保險套。它們從揉皺了的紙堆中跌出來，如草率的信物，如粗糙的惡作劇，總之，掙脫了長遠以來的束縛似的，一股腦癱在地上，逸散出古老的氣味，像晨起口中的苦澀，也像糅雜了汗漬或什麼的腥腐。

怎麼會藏著這個東西呢？

她不解。首要聯想的當然是男人。但撥通電話的當下即覺可笑，畢竟有誰會蠢到坦承偷腥？想當然爾，除了極力否認，更多是男人的不耐，也只有不耐才得以凸顯出他們的感情重量，否則真的沒有多餘的事件可供記憶了。常常兩個人面對面坐著，各自抓本雜誌遮住臉，坐著坐著，年歲都坐老了，而他們居然還玩著這樣天真的遊戲，以為反正終將看不清楚，那倒不如眼不見為淨。

她絲毫不願意碰觸那團死物。它們在房間恢復原狀後，依然連續幾日橫躺於書桌下，像多餘的疙瘩，像腫脹的膿必須被刺破，而她不打算清除它。她想起電影《血鑽石》上映那陣子，到處是反思剝削第三世界廉價勞工的聲浪，而她思索著早晨那場可有可無的性愛，揣度保險套的主要原料，不正是第三世界童工深入毒蛇遍布的雨林摘取之橡膠？

也許，事事物物都可以冠上一個「血」字吧。那麼，究竟是誰把「血保險套」遺在這裡呢？她左思右想，無論如何，都盡力迴避父親與母親的可能——幾次與母親聊到性，母親要不閉口不談，要不面帶鄙夷：「講這做啥？荒騷厭氣！」然後耳提面命告訴她，女人該如何守貞、如何馴服老公……她忍住嫌惡，更靠近的看了看那突如其來的死物，其上一絲紅一絲白，恍若活過的證明。

她意識到什麼，驚恐起來，匆匆忙忙提來水桶、抹布、漂白劑，開始用力清潔房間——清潔無從捕捉的威脅，清潔愛——再次響起的吱嘎吱嘎。

吱嘎吱嘎。

現在她終於明白，吱嘎吱嘎的由來了。

躲在金腰的丁字褲之間，對過敞開的門窗裡掙扎著赤條條的腿，一黑一白，像糾纏的四條蛇，又伸又縮、忽緊忽鬆，看得她凝塑不動，額角大塊大塊冒汗。許是長久以來，早已習於黑暗中僅有的滴答鐘響，以致在亮晃晃的天光之下突然面對這類激情，不免使她有種電影散場驟然曝亮，抑或夜底猛然射入眼瞳的車前燈，那樣無可置信的驚動——怎麼能夠那麼白？她目不轉睛盯著女人的腳（應該是女人的腳沒錯吧），圓潤光潔的腳踝悠緩滑移，像雲端漫步，倒是黑的那雙急驚風，勾著、畫著、磨蹭著，往上撩、再往上撩——

砰咚。瞬忽砸下什麼，令她大吃一驚，仔細看，原來是那具塵封的鳥籠掉到地上了，底盤迸跳，匡啷匡啷在那裡歡快旋轉。她嚇壞了，以為誰都聽見這聲響，手足無措等在那裡，直到四周安靜下來，這才緩緩直起身來看看對過：兩雙腳早已不知去向，只留下一名外傭笑盈盈澆花……她又吃了一驚，腦海中浮現諸多聯想。

「妳啊，有空要出去走走。」金腰說：「電視不是有宣導，要活就要動吶。」

金腰且說：「皺皺的，黏黏的啊……」

金腰又說：「有空也管管妳查某囡，要做外公外婆吶。」

是啊，金腰變成一件不折不扣的丁字褲了。她這麼打量他，現在她才發覺，金腰的改變不單是底褲這麼簡單而已，而是完完全全拔除過往的那個舊有，將肥碩與束縛內化成身體的一部分，「讓您勇，讓您強，讓您蹦蹦叫」——廣告是這麼說的吧？

她注意到金腰的頸口似乎有個疤？正欲看清楚，金腰抬起頭來：「妳今天都忙些啥？」她心虛想起金腰交付的那份訪談稿，怎麼看都看不完的字字句句，斟酌著該說什麼，金腰已經接口：「我們明天要去爬山，晚上才會回來。」說話的語氣像考前猜題，不若往常怯怯懦懦，果然，金腰變得不太一樣了。

也就是即將上床前，她瞥見金腰腿脛黑而多疤、腳踝皴裂（按照中醫的說法是：腳氣過重）——她很少這樣注視金腰的身體，除了最初婚後那幾個月——俗話怎麼說的？「人老看腳」，而今大她十五歲的金腰雖然腳老了，但臉上的神情卻越發蓬亮起來……她又想起那條丁字褲，褲子之間那四條交纏的腿……金腰縮回腳，吱嘎吱嘎，吱嘎吱嘎。

那聲音迫近過來了。

她聞到熟悉的壓迫性的體味，但，好像哪裡不對勁？

好像，金腰變成了另外一個人。

好像這個房間變成另一個房間。

她沒有辦法好好待在那裡了。

男人說：「妳為什麼不能退一步想呢？」

男人說：「也就是保險套而已嘛。」

男人說：「妳就想，這說不定是誰在暗示我們啊。」

暗示什麼呢？她在轉角的咖啡店坐著，越發寒冷起來。其實自己的房間已經清潔乾淨了，到處飄浮著漂白水的氣味，然而就是這樣的氣味也還是讓她覺得不潔：怎麼會被置放了那東西呢？那意味著有人進入她的房間，然後——她不敢再往下想了。

她想起南部的外婆，直到外公去世，都與「另一個太太」（「也就是細姨啦。」她母親說）住在同一棟屋子底。那時候，每年年初二外公總會宴請女兒回娘家，儘管氣氛歡樂，但她總發覺外婆臉上浮動著絲毫憂愁。後來才知曉，原來是外婆怨懟這輩子與「另一個太太」同室而居：「連暫時的清幽也沒有！」多年後，那屋子住著外婆與越南籍看護阿妮，真正成為屬於她的「自己的房間」。

只剩下自己的，房間。

她想到這裡，似笑非笑，許是意識到她正一步步走入外婆的處境中：嶄新的房間除了她別無他人，她面對光亮亮的家具與床鋪，聞見空氣中強烈而刺鼻的消毒味，照理說，那一刻她應該感到放鬆才對，反而一顆心懸懸的，無論如何都必須出走的決心。想必是房間成為拘束的住所吧，所以當她走在這條再熟悉不過的巷子時，竟有種如釋重負的悠緩。

那個房間已經積累了太多關於男人的回憶了。太多必須折衝、角力乃至互相攻擊的傷害。甚且被男人指責「有病」——一定是她太依賴與男人的共處時光——當她離開房間時，那一聲吱嘎吱嘎仍未平息，但她已經不再吃驚了，畢竟她心頭掛著更巨大的憂畏，驚恐有人悄悄闖入，奪走了「她的房間」——會是誰呢？她仰起頭，思索著是否該回去看看父親母親？說不上來何以遲遲不回家的理由，或許她還厭惡著父親向來習以為常的冷淡（他總是把錢看得很重）——或許不，而是家裡碩大的金剛鸚鵡每每驚擾她的眠夢——當然，更多是對於家的陌生所致，她真的太久太久沒回家了。

都怪母親經常前來她的住處張羅衣服吧，她這麼責怪著，突然撞見一枚熟悉的身影閃進防火巷，似乎是父親才有的駝背身影……她連忙跟上去，聽見女人的高跟鞋急驚風，響得屋簷上的鳥雀轟然一散，陌生的香水糅雜著汗與玫瑰與柑橘，來自於激情之後的酸與甜，她太清楚那樣的空洞——喀喀喀喀，喀喀喀喀——

她聽著敲門似的聲響，久久無法言語。

也許她看錯了。

一如這個晚上，她與母親照例各做各的事，照例一搭沒一搭說話。母親說：「恁爸今日較晚轉來欸。」她問，去哪裡？母親說：「自強活動，恁爸最近常常出外爬爬走。」她還想探問細節，但母親又埋首於那份看也看不清的稿件——整個晚上，她對著密密麻麻的字句長嘆短吁——她很懷疑，憑藉母親的老花眼鏡是否真能看得清楚？

她帶點懷舊的心情，在家裡繞著看著，怎麼也難以置信還未離家時，如何透過木板隔間與父母相處？而今，房間被拿來堆放雜物，充塞著陳舊的氣味，彷彿宣告她不可能再住在家裡的事實。她走到陽台，母親咕噥著要她別招惹蚊蠅——那兒空盪盪的，什麼也沒有，除了一件丁字褲像輕飄飄的什麼，疲軟皺擠。

她很是詫異，那兩隻金剛鸚鵡呢？

「早就沒去了，」母親抬起眼：「被貓咬死了，汝不記得啦？」

她困惑著，所以說，吱嘎吱嘎不是來自於此？

「什麼吱嘎吱嘎？」母親兩頰一陣紅、一陣白。

她嗅得出來，家裡不太一樣。

「哪有不同？」母親說：「恁爸爸不在嘜。」

是啊，又何需往屋裡灑香水？

她思索著防火巷裡的父親，不耐煩的男人，以及家裡多出的那些保險套……她的命運大概就是這樣了吧。意欲逃離一個房間，卻再次墜入另一個房間，想來想去，所有的房間似乎都一個樣，她究竟奢求什麼？

那天晚上，她始終沒等到父親回家。

那天晚上，她也沒有等到金腰回家。

她催促著女兒快快回家睡覺，「明早還要上班欸。」她說。壓根忘了金腰耳提面命「管管妳女兒」，一心一意掛記著明日研究所男孩前來取稿，甚至也忘了金腰可能晚歸的交代——她又想起男孩的模樣——她究竟期待什麼？

也許期待著金腰趕快回家。撥了幾通電話，都是語音信箱，如何入眠？金腰極少有外宿的前例，即是如此，也會打電話回來說明……她不安揣度，屋外雨水滴滴答答沒完沒了，典型的北部濕冷，擾得更令人難眠

砰咚一聲。想是金腰回來了。仔細一聽，屋裡靜得出奇。靜默的雨夜停在屋外的遮雨棚，從縫隙可以看見雨絲在路燈下金蛇般舞動，漸漸漸漸騰升、漸漸漸漸沉降，漸漸漸漸什麼都聽不見了，只記得眼前炸開一團煙硝，許多人倒下去了，許多人又站起來了！突然間，轟的旋起一圈一圈黑的紅的浮塵，聲音慢慢，慢慢落進張大的嘴裡、落到一具頭顱消失的身體……她看著金腰大叫著跑出壕溝，一名矮小的身影正握緊匕首步步近逼——

她驚醒的同時，她還在另外一個夢中繼續尋找倖存的水母。堤防上盡是迎風而立的海鷗，神經質似的黑圓眼令她困惑：牠們是否正準備掠食面前的腐屍？「應該是怕弄亂了羽毛吧。」男人出奇溫柔的梳理著她的頭髮：「妳不知道嗎？海鷗是很龜毛的動物呢。」

她詫異著，男人不是早就與她分手了嗎？

她回過頭，無法確定身後是否有人？但她心知肚明，她其實正逐漸靠近和男孩相約的那個地點……她站在那片偌大的沙灘上，團團的黑藍、團團的闇影，團團的情緒占據著她的視線，以致有一片刻她怎麼也找不到正確的方向……也就是打算放棄之際，她看見高高的、寬闊的外海上，不知從哪蔓伸出來的枝頭上，聳立著兩隻巨大的金剛鸚鵡：頸毛森亮，趾爪尖銳，像老人蜷曲的手，最終將頭埋入彼此的羽翼裡。

她就這麼靜靜的，靜靜的注視著牠們，發現她父親也在不遠處仰著頭——發現，那吱嘎吱嘎其實來自於他們不知如何啟口、不知從何言說的，用力的磨牙——

吱嘎吱嘎。

吱嘎吱嘎。

我的名字是

「砰」一聲還來不及嚷，徒留滿室粉香——也許稱不上香，而是更引人遐思的異國氣味——只見那腹扭著南洋沙籠摔門走，走得那樣決絕，走進黑墨墨的樓梯間，走入不知所措亮晃晃的屋外的停車場。走。統統走。

聲音極力自持，但終究忍不住發顫。走，一個也別留，一個都別留，都走。事發至此，社工王姊扳桌沿，定靜看地上破了的杯口曲折反光，未嘗料到兩人的感情會淪為一場碎玻璃、一地潮濕，因而久久不能言語，久久，揪心那腹真正踩痛了情感，踩碎她們的祕密，一步一步去遠了——何以至此？何以這般脆弱，竟任淚水披紛，全然不符社工專業之精神？

王姊王姊，妳看，社工疏失官僚殺人什麼跟什麼嘛根本是制度的錯。王姊王姊幫個忙，個案又來借錢啦可是我這個月的房貸……王姊王姊妳要好命囉勞保新制當初妳不是繳足多欸？王姊王姊。王姊王姊。人前人後被這麼簇擁著喊著，其實並不老，而是入行早，早幾年社工社福也就是一份問卷一疊統計，統計傷害、統計愛——愛是什麼？愛是恆久忍耐又有恩慈，愛是不嫉妒，社工王姊說（手持家庭計畫海報說）：愛是不自誇不張狂、不做害羞的事，不……不可能不可能不可能。

社工王姊低低說。望日光一寸寸斜移，水漬一節節限縮，恍若身骨也不由軟下去斜下去，沙發椅面盡是那腹之氣味：挾帶一絲絲汗與香茅，一絲絲苦與甜，那稍早之前的肩並肩呵。社工王姊反覆摩娑椅面，反覆勾勒那腹之線條起伏、肌理鬆緊，反覆——怎能讓思緒墜入難以示人的罪愆底？怎能變成那腹所指控的識字班老師：假教學之名，行交易之愛？不，不可能不可能不可能！社工王姊堅決否認：此情可問天，她們彼此相知相惜，她們是真心的，她是——她的（刻意省略中間之動詞）。

她是——小小的辦公室裡響起小小的回音——社工王姊站起身來喘口氣，氣味漸形稀薄，投在地上的暗影像一則丟失的情節，而她猶不放棄的說著說著，打算說給誰聽呢？社工王姊喃喃自語，不信真情喚不回，試圖藉由言說召喚她們的情感，奈何說了再多還是徒勞，底下漸行漸遠的那個人影透著光，橘金帶紅，紅的是亮片平底鞋，橘的是款款搖擺的沙籠，海風如絮，層層跌墜，層層翻湧著義無反顧的身脊。一群半天鳥越過其上，直直撲落的暗影好似起伏的心緒，偌大的停車場上只剩下一個不能再小的黑影。

社工王姊再度滑落淚水，再度告誡自己要專業，專業呵。她抓住窗台，像抓著一樁心事，幾乎站不穩的姿態。並非未曾經歷過這番場景，卻在這一刻拳拳到肉，許是那腹激起她母性的心情？抑或那腹勾動異族與異族之間複雜而微妙的情誼？社工王姊直直注視那停車場上的空白，直到靜默下來，俯身拾回地上的識別證，暈開的名姓像那腹向來說也說不清的話語：軟呢、稚拙，徒惹人憐惜。憐惜那腹糟踏了青春卻渾然不覺，豪賭的跨國婚姻吶；無知於年歲何其神妙：催人蒼老亦添造世故，一如社工王姊年輕時不可能明白，裸露的圓臂膀究竟意味著什麼？

夏季時分。女孩們雀躍行經街頭，短版背心千層蕾絲蛋糕裙，閃亮亮、白燦燦，無視雄性色情高張之目光，隨興所至取筷子盤髮髻露出頸間一截飛白，抑或大剌剌岔開雙腿高談闊論，不時抖動一截腹——看啊，那腹，焦褐平坦、瓷細冰涼——許多年後，社工王姊勢必不能或忘當日那腹一步步走近，一步步髮絲飛揚，唇上微微冒汗說：對不起對不起（指指手錶），遲，遲——許多年後，社工王姊依舊為彼時的激動感到不可思議，莫非出於職業本能？再怎麼說那腹是受欺的「外籍新娘」（迄今，社工王姊仍改不了口稱「新移民女性」），抑或好瘦好瘦，好似當年小C在風中站不住，露齒淺笑。

社工王姊一時語塞，以為對方理應訴苦，竟這般粲然。一件白T恤（其上印製海綿寶寶與派大星）、一條藍染裙，全然孩子氣的基調，更顯身子骨瘦小，不免使人狐疑：如何成為母親？正百般思量，一旁亂蹭亂撞的小蘿蔔頭嚷：「糖，糖，糖！」口齒不清，力道卻像條小牛，奮力扯社工王姊的褲管，引那腹趕忙上前解圍，現場遂演變成你追我跑，徒留一身狼狽、一聲感嘆：所謂家庭生活啊，如斯黏膩（且看那黃濁的鼻涕），如此尖叫（且聽那無止無盡的肺活量），唯慌亂而已。

往後，與那腹相依而坐，提及這一幕見面，那腹吃吃笑，皺擠的鼻紋不輸個孩子（也就是個孩子）：瞧瞧那黑密細長的睫毛，厚脣與白牙——冷不防，那腹轉過頭來做了個鬼臉，兩人鼻尖遂碰上鼻尖，倏的彈開，久久無言，只聽得辦公室外窸窸窣窣的植物密語：阿勃勒翻出冰綠的圓葉與黃金花串，來自異國的物種呵，社工王姊滿眼暈黃，只見那腹拿起小蘿蔔頭的照片得意說：幼稚園，第一！言下之意，大有母以子為貴的驕傲，唯獨刻意忽略蘿蔔頭身後的鬍渣男。對此，基於輔導諮詢之必要，社工王姊鼓勵對方繼續說。然而那腹沉默了，盡瞥眼前之飲料：玻璃杯上層層剔透的凝露，沾往指尖更顯膚色之褐亮，流往桌面更顯水珠之深長。

露水姻緣吶。社工王姊怔忡看那水珠顫動，打量起手中匯報的資料：「外籍配偶識字班性侵之報告」，附錄的照片裡，識字班老師立於教室門口昂起尖尖下巴，大有雖千萬人之無畏，胸口的十字架亦無畏，「我即是光，叫凡信我的，必不住在黑暗裡」，年過半百的老師面對新聞鏡頭說。

此刻，她們身在黑暗裡嗎？社工王姊不由憂懷，哪日東窗事發，將被質問：何時動心起念？誘發的過程？如何善了？而今想來，已難考據最初之心跡，只記得持匯報資料走向這位年輕的母親（尚未發現其腹之美的），輕拍其肩安慰道：別怕，別怕，從今以後不需要擔心了，我們會負起照護的責任——責任是什麼意思知道嗎？別怕別怕。年輕的母親繼續保持微笑。社工王姊進一步問：驗傷否——有無受傷？要提告否——希望對方賠多少錢？別怕別怕。遂上前摟住年輕母親道：「以後，有我們幫妳，我們會替妳爭取權益！」爭取更多的賠償金，爭取——說到這裡，聲音低下去了，似乎這類案件（【驚！師仲魔爪辯「愛的教育」，外籍新娘哭「去死去死」】）最終也只能盱衡罰款以罪其責，除此之外，更根本的問題從何解決？

更根本的，罪行？

因而社工王姊扔下報紙，徨徨然起身望辦公室底下成排的阿勃勒：金璧輝煌的小花與嫩葉，款款搖擺如那腹行走之姿——何時察覺異樣情愫？也許是她的側臉太像小C了。短而圓的下巴，小巧的鼻子與耳垂……社工王姊打量著這個年輕的母親，留心裙口間綻開的線頭，恍若髖骨生出幾處嫩草，恍若她是一株移動的植物——那腹約莫意識到社工王姊凝視的眼神，刻意拈了拈草莖，笨拙的手勢更惹人注意的，惹社工王姊憶及在海邊，她與小C一同脫掉裙子，一股腦遁入浪中，那樣灑脫而隨時爆出尖銳笑聲的時光，青澀而寒酸的從前呵。

王姊記得小C腹上的痣，從海中浮起時，那痣被水花沖刷得又黑又亮。

就這樣，靜靜看望睡著了的年輕母親。細細的鼾聲從那纖瘦的身脊浮起來，像漂浮的纖瘦的夢，夢裡出現了什麼？許多年後，這一刻親密而親愛的交流會是甜蜜的負荷抑或微不足道的塵埃？社工王姊伸出手，盡量不打斷對方酣夢的，輕輕劃過那腹，輕輕將手貼附其上，感受一起一伏的溫度，感受微微沁出的汗，微微的鹹澀，以及甜膩——倏然停住，分不出是本地特有的濱海氣味，抑或熱帶氣候特有的香茅，只覺年少的情感潑跳而來，像浪，一陣陣拍打，一陣陣撞擊日久年深的驚動。

那焦褐的腹呵。每日每夜被枕邊人求索與反覆生育的腹。年輕的母親知曉她正揮霍活力勃勃的青春嗎？知曉何謂跨國婚姻交易？知曉本地所說「生一個子，落九枝花」？別怕。社工王姊低低說，別怕，我們是來保護妳的。我們——我——社工王姊坐在那，望沙發上（美其名為「諮詢椅」）的年輕母親，那腹。鼾聲持續，彷彿房間也兀自打起盹來，彷彿這個下午墜入焦褐的夢，但社工王姊捨不得睡，捨不得離開那腹。她猶豫著那一動詞的使用，反覆呢喃：別怕。別怕。怕什麼呢？社工王姊回想盛夏以來之種種，兩人多半見於辦公室，此時此刻也值得大驚小怪嗎？也就是例行的諮詢公事而已。社工王姊自問自答，無從想像會有那麼一日，她亦遭到控訴？她其實與那個識字班老師並無二致？

社工王姊激動著。俯身問那腹，好吃嗎？那腹笑而不答，一面切蛋糕，一面說：謝謝。「謝謝。」社工王姊忍不住輕顫，如果感情也足以言謝，那麼在此之前，她們的凡此種種該算什麼？她的心情能夠被那腹明白嗎？也許不，也許那腹從來就不是小C，也不可能成為小

C——小C離開多久了呢？社工王姊怔忡望那腹，怔忡揣度那腹平常與丈夫相處的情景：男人的掌心是否過於粗糙？汗水是否黏膩？脣齒之間是否藏匿了惡臭的祕密？

同事見王姊愁眉苦臉，紛紛獻策：欸啊王姊妳這是火氣大來這杯青草茶喝下去保證給妳涼到北極去。非也非也，青草茶性冷，王姊宜服這帖中將益氣湯一盒特價三百五就好，王姊妳說是不是？我聽你們在亂講！蘆薈汁降火氣最有效。妳才亂講！王姊王姊，妳放心，別把壓力全部往身上扛，我們幫妳，我們都會幫妳——我們是來保護妳的。社工王姊揉揉額角，浮升睡意。並不遠處的視線裡有幾名孩子奔跑著，試圖甩開身後那條小黑狗，很快被追上了，笑著鬧著，逗弄牠、抱牠，一會兒又放開手疾速奔跑，反反覆覆、樂此不疲。灰淡的天空下，他們乾脆的笑著，他們乾脆的笑是這個午后香茅的夢的點綴。社工王姊握住那腹的手，喃喃自語。儘管打從一開始便被那腹近乎孩子的神情所懾服，但幾週下來，兩人之間依舊只有「請，謝謝，對不起」（那腹楚楚可憐的口頭禪呵）。

至此，始終隔了一層霧，霧裡看花，無論如何難以親愛，即便與那腹頻頻碰面亦情猶如此，令人猜不透那腹究竟想些什麼？問她，當初如何遭識字班老師「侵犯」？如何「痛不欲生」？如何「以淚洗面」？那腹只是咬著脣，斷斷續續說也說不清，帶有濃重口音的中文像學步的孩子，聽得社工王姊呵護之心油然而生，且聽那腹說起老師常講解「日本時代」，且聽辨公室外那株黑板樹投下或高或低的鳥鳴……然後呢？那腹不語了。社工王姊鍥而不捨，終究徒勞無功。莫非，受對方要脅封口？莫非，仍依依不捨？社工王姊憤怒著，只見那腹一如往常漾起酒窩，漾焦褐的光——然後呢？那腹笑得含蓄，看似示弱，實則要強，要更多人之憐惜。

想當然，社工王姊不肯信，這麼年輕的母親豈會擁有這般心機？遂打量起那腹撕奶精球倒咖啡中，復以舌舔淨殘留奶漬，又覺不足，乃就口吸吮有聲，專注的模樣不折不扣正是個孩子。孩子。否則怎會受騙於老者（那年近耳順的識字班老師）？更遑論對方乃是熟讀史書的授業解惑者。社工王姊目送那腹越行越遠，頭髮飛揚，身影細長，好一幅青春遠颺圖。社工王姊看得目不轉睛，滿是失落滿是困惑，緊絞手，想起那一年那一刻的小C：濕淋淋，濡亮亮，一張尖臉瓷白細緻，薄胎似的光度一寸寸暗下去，直至夜色襲湧——

夜底多星萝。社工王姊逐一數算熠熠之景致，任憑黲暗蒙上灰淡的眼珠。如墜一則幽微心事。日復一日，黑墨墨的大廳沉澱黑墨墨的重量。打從何時起，社工王姊就這麼倚沙發靜靜凝望靜靜看電視歡跳，看星月略施薄光，「我一個人生活就好。」日記本裡極其年輕而自以為是的句子，而今竟一語成讖。初始，父母親管教她、馴服她對情感懷抱恐懼，漸漸漸漸，催她怨她也該找個對象嘛，怎麼頭髮剪得這麼短不輸查甫仔？

最終放棄了。然後，即是永遠的放棄。

其實，需要很多很多的愛，卻不懂愛——或者，該愛誰？社工王姊走至窗邊想起這些年來，每每返家如臨大敵：母親沉著一張臉自顧扒飯，父親偶爾想起什麼叨念著：「少年不會想喔。」近乎機械而無可無不可的家庭景觀，唯獨桌下那隻老貓綠著眼，恍若看穿她的衷曲——大概也是這個因素，所以她才刻意選擇離鄉背井吧。事實上，感情冷暖自知，還有什麼可說？她看著父母老了駝了的背影，目睹他們說也說不清的愛意，懷疑會否他們終其一生未嘗看清彼此，卻反覆排演一齣關於「夫妻」的想像？想像這輩子與某人共度一生的必然，想像衣櫥裡的內衣與襯衫必然混雜了汗與脂粉，而每一對夫妻勢必歷經磨合乃至無言以對？

社工王姊緊貼玻璃，望見屋外路燈瑩燦，塵煙絲絲，騰金色的氤氳——下雨的夜晚未見涼爽，反倒燥熱難耐，連帶路燈下的縷縷金絲亦生出金燙……隱隱約約有哪家孩子在遠處朗誦著：「只因這是生命中最沉重，也是最甜蜜的負荷……」

最沉重也最甜蜜的——此刻，那腹在夢裡躑躅至哪？

社工王姊靜靜思量這一切，思量眼前之種種。別怕。社工王姊氣音說，別怕。且看那腹張弛有致，就中的圓肚臍凸而亮，如一只愛笑的眼，如嘟起的嘴——真是，孩子就是孩子，全然的不設防。社工王姊不敢稍動，揣度前此那識字班老師之手：如何掂量那腹之線條與溫度？如何觸摸那腹之濕亮與滑腴？不，不可能不可能！社工王姊在心底吶喊，側耳其上：傾聽那腹涼而軟綿的呼息，嗅聞那腹淡而清芬的氣味……終究情不自禁——那腹一個翻身，嚇得社工王姊連忙逃開，逃得老遠，遠遠站定回望那腹，紅色沙發椅上的裙襬搖盪，真真正正的熱情如火，而那腹睡得安穩，渾然不覺世界起了何種變化？

社工王姊握緊拳，一臉蒼白，隔著距離以為如此便得避嫌，避良心的譴責。

（這時候，有人過來敲門問：「王姊王姊，要不要喝杯下午茶？」）

（「需要幫忙嗎？」）

（「王姊？」）

（噓——）

辦公室諮詢時光。那腹像個睡美人。社工王姊告訴來人：沒事沒事，待會就好了，可能是帶孩子太累了吧。孩子——她理理那腹的額髮，對於年紀輕輕便投入生活的愛人嘆口氣，想起舉目可見的這類母親，她們出現在魚市場、自助餐、早餐，以及更多的家庭手工業，日復一日掏洗著魚卵、黏燈泡、糊彩帶……她們清一色大眼圓睜、戴口罩、袖套汙黑而綻線，背後的小蘿蔔頭跑進跑出，直到男人回家、吃飯、洗澡，一日結束。

一生結束。社工王姊每思及此，不免諄諄教誨那腹免於男性的傷害、免受婚姻的脅迫，乃至提升「女性自覺」——社工王姊拿出那張嶄新的家庭生育海報說：「愛是什麼？愛是恆久忍耐又有恩慈，愛是不嫉妒，愛是不自誇不張狂、不做害羞的事……」她們正做著害羞的事嗎？社工王姊這麼自問。沒理由啊，她如斯煞費苦心，何以必須住在黑暗裡？憑什麼說她犯了罪？但見那腹一貫微笑，認錯的說：對不起對不起對不起……

欸，傻瓜，愛何需說抱歉呢？

問題是，她們之間有愛嗎？社工王姊俯身細審那腹，鼾聲飄浮，手心猛抽一下，等到夢醒之後，會否記得箇中細節？會否對她的行止提出責難？別怕別怕。社工王姊輕聲，亟欲保持鎮定，清楚她（她們）的情感刻正行經懸崖，否則怎會聽見嗚嗚風聲？怎會揚起塵沙，引來滿室咻咻壓迫？別怕別怕。社工王姊心虛不已望風雨欲來，見天地蒼涼，更顯屋內嚴暖。且瞧那腹睡著後的神情多麼熟悉又多麼陌生，彷彿那年與小C躺草地看浮雲星光，笑聲撩亂，姊妹淘純粹的嬉鬧與無憂——豈知一彈指竟風流雲散，只遺此刻與這腹共處一室，只剩溽暑中激情的躁動與憂煩。

並非第一次處理這類個案，卻無可自拔的興垂憐之心、呵護的氣力——究竟怎麼回事？社工王姊內心蠢蠢欲動，不斷對自己耳提面命：要專業啊，要專業呵。遂持申請單至村內，所見皆是一如那腹的人妻人母，她們高額深目，或洗碗或掃地或做家庭代工，對社工王姊投以敵意。社工王姊極力自持，心想：肯定是日前深受媒體百般侵擾之故，再怎麼說這是本村第一樁「識字班醜聞」啊，連帶那腹的丈夫也沒好氣：「汝擱來要做啥？」雙腳微跛，在門洞口揮揮手，不待社工王姊說明來意。

「走啦，走！」男人噴煙道：「囂擺無落魄的久！恁爸就不信娶不起一個原裝進口的，走！」

社工王姊按住脾氣且聽下去，聽男人叨叨念念，恍若聽父母絮言：「咁無？妳細漢撞到門破姻緣線……」「咁無？去相親彼日妳直直呷……」「咁無？阿珊跌落溪裡那一日……」那一日，雲影忽聚忽散，天空深不見底，也淺得沒顏色，想來是要下雨了。又半晌，輪到社工王姊說話時，雨珠已像米粒淘洗，嘩啦嘩啦潑在男人腳骨背。男人先是罵罵咧咧，復而安靜下來，眼前盡是一地狼狽（「好啊，錢啊，叫對方賠錢！賠錢！」男人嚷著）。出得門來，社工王姊走原路回去，兩旁敵視的目光未嘗稍減。社工王姊佯裝不在意，卻當即意識到：是否事跡敗露？否則人人為何睨她一身黑衣黑褲？

自始至終，未見那腹出迎，也未遇小蘿蔔頭，想是刻意留置屋內吧。傻，真傻，揣想她們之間有什麼不可告人之事？她是關心她啊，她是來保護她的啊。事實上，這趟拜訪半是職務所需、半是刻意，刻意向那腹的丈夫證明：兩個女人能擦什麼火花？另方面也向那腹展示，所謂「前車之鑑」，她又豈敢逾矩？

儘管，社工王姊還是吻了那腹——或者那腹吻了她？隔了這麼些時日，是誰主動也說不清了，只記得是載那腹返回家，途中，忽逢大雨飛瀑，兩人無奈只能避雨於土地公廟。廟是小廟，田是瓜田，冰綠連綿，地氣噴發，噴發的雨勢將她們隔絕於廟內，於斑駁的板凳上並肩而坐（又是並肩！）。事出突然，她們雖然披了雨衣仍是一頭一臉的水漬，兩人先是慌亂擦拭各自狼狽，接著便是沉默等雨停。雨越下越大，霹靂連連，又青又白又灰，大有遺世獨立之感。那時候，她們臂膀碰著臂膀，忽而社工王姊的手心被那麼用力一握——又是一聲驚雷！

雷雨夜，輾轉難眠。是小C落水日，屋內出奇的安靜，靜到底了，唯獨鐘面滴答作響，唯獨聽見小C臉龐滴落的巨大水聲，凌亂的衣襬露出雪白的腹……她蜷縮著發抖，止不住浮現小C臨去前那雙黑濕的眼，那樣絕望的凝視——是為了救她而落水嗎？社工王姊仰起頭，是吧？她撫摸著牆，牆面泛生水氣，細薄的淚涔涔似的，無聲無息冰涼的淚。其實，這麼長久以來，應該置身黑暗裡的人是她才對——又一聲響雷！一旁撫摸的手勢極其專注而溫柔，微凸的指繭輕輕刮搔，社工王姊遲疑了半晌，緊緊握住那手……

「天茫茫，地茫茫，無親無故靠臺郎。月光光，心慌慌，故鄉在遠方……」那腹吟唱起來，聲音尖而細而長，像哭，幽幽的傾吐，曠野間一次舒坦寬暢的宣洩。

但哭又如何呢？不是說好了要拚搏、要活得更有尊嚴嗎？笑呢，笑又有什麼意思？要懂得保護自己啊，要努力爭取女性的權益不是嗎——權益是什麼意思妳知道嗎？光知道笑！光知道抱歉！知不知道大家都在為妳努力啊！妳知道嗎！此時此刻，社工王姊立窗前看那腹穿過玄關行經停車場，一時間不明白自己為何這般嚴厲？假日時分，辦公大樓內外空盪，因而那腹顯得格外孤單、格外決絕，就連掉了髮夾亦不自知——回去之後，她會把她們的事告訴丈夫嗎？她們之間真的有所謂的感情嗎？她做錯了什麼？她又做對了什麼？總有一天，她們都將住進那永恆的黑暗裡吧？

誰知道呢。也許就這樣了吧，也許這正是她們必須共同面對的命運——女人的命運——但社工王姊是絕對不肯向命運低頭的，一如相處以來，屢屢驚嘆於那腹褐亮的青春越形褐亮，而她越形老去，像在記憶裡不斷暗下去又亮起來的小C的臉龐，那個喚作阿珊的青梅竹馬。

這匯報單上是妳的本名嗎？

社工王姊一面追出辦公室，一面想起她與那腹最初相遇的對話。

她想，她有必要去幫那腹拾起遺落的髮夾，那只紅髮夾是昨夜她買給她的。

我的名字是。

我的名字是。

那時候，還不知道將來會愛上眼前這個女人的社工王姊抬起頭（眼前赫然一陣曝亮的），聽見那腹低低的說：

我的名字是——

她們的河

她們多半攜帶著一條河來臺灣。那條河通常出現在一張老照片裡，她們把它擱在房間日日夜夜看望那河——儘管在故鄉時，她們並不那麼強烈需要它、記憶它——然而無論起不起眼，她們的另一半始終後知後覺：「那是什麼東西？看起來髒兮兮的！」

她們忘不了那條河。像是險些滅頂的人，總會記得那份最初立於岸邊，猶豫著該不該泅泳渡河以及最終毅然決然的矛盾與窘迫。而今回想起來，她們有的慶幸渡了河，有的後悔莫及，更多的情緒是：過日子。日子像一只只碗盤的組合，載沉載浮、相互碰撞，叮叮噹噹令她們不時會心一笑，或沉默聆聽。

當然，還有公婆的成人尿布、小孩的衣服或其他——並不是每樣事物都會在水裡發出悅耳的聲響，因而她們帶來的照片愈發沉重起來，只因生活往往將記憶生吞活剝，也將僅存的幻想沖刷殆盡。好幾次，她們枕著夜底微弱的光，耳裡傳來身後沉重的鼾息，恍惚以為自己從未離開那河，在河邊，轟轟的拍岸巨響震撼著她們，湍急的渾濁的水流夾雜著枝枝葉葉乃至動物屍體，凡此種種，往更遠更凌亂的盡頭奔溢而去。

往夜的無邊無盡的黑墨墜跌而去。

往她們的心坎流淌而去。

後來她們才發現，臺灣到處有河：夏季暴漲，冬季乾涸，急的淺的短促的，一如她們變化中的身體，突然異常飽足，也突然萬分飢餓，她們為此感到憂懷，明白這是一條河必然的命運——儘管，大部分的臺灣人並不怎麼關心河，而大部分的臺灣河流也經常被視同水患的淵藪，抑或汙染的載體——但她們仍然覺得「河」其可親，畢竟初來乍到時，她們最多的疑問即是：為何？如何？以及無可奈何。

「何」與「河」，成為她們夢中鮮明的形象，將她們帶往異地生活，也帶來異鄉人註定被誤解的結果。再怎麼說，河只適合高樓景觀抑或自行車道背景，它不該被隨身攜帶、隨時思念——「別去河邊玩！」這是臺灣人告誡孩子的話——人們端詳著她，她們，像端詳一條陳舊的、不合時宜的河，似笑非笑的說：「妳穿的衣服，好特別喔……妳的香水……那是什麼牌子的味道？」

其實，什麼味道都沒有，純粹的肚子越來越大，膀胱被壓迫而已。那使她們在夢中屢屢面對抉擇與否的問題——該不該渡河？該如何渡河？渡河之後呢？至於她們的另一半則煩惱著：如果這一胎不是兒子，是不是要再生一個？那讓她們感覺自己像個物，或者一條真正的河，默默承受著各式各樣拋擲而來的要求——「妳還算好的，」從一開始稀稀落落到越來越多群聚的姊妹，大夥在倒垃圾的片刻分享彼此的心事：「我想要有個小孩都沒辦法啊，因為他已經結紮了。」

姊妹幽幽的說：「他只是希望我陪他過完下半輩子而已，所以，他說不要有小孩，將來比較不會耽誤我的前途……」

似乎事事物物都足以用河的長度去衡量，使得眼下的一切如斯局促，就連她們的決定也微不足道，彷彿只要祭出時間的長河，再大的絆腳石也足以被滾磨成輕盈的水漂，然而，為什麼她們總感到說不上來的悲傷與煩悶？她們腦海裡不時閃過那些從臺灣離婚回鄉的女人：身上紫一塊青一塊，有的還不幸染患了性病，終日形容枯槁的立於河邊——「誰叫她不好好努力？」她們的另一半這麼說，說得理直氣壯：「妳要是生個男的，就不會有那樣的問題了！」

這時候，她們總會感到另一半是尖銳的暗礁，隨時可能讓她們翻覆、滅頂。她們想起那個失婚的女人，其實故鄉裡的家蓋得像座童話城堡：飽滿的玫瑰色以及仿巴洛克的繁複裝飾——那是女兒遠嫁外地才有的建築，印證所謂「嫁女脫貧」不單是夢想也是不言而喻的事實——她抱著肚子，不知該哭還是該笑，有誰願意不努力？如果可以的話，她何嘗不想成為更好的母親？更好的媳婦與太太？或者，更好的——

一條河？

她忍受著懷孕的不便，白天在農地裡除草灑藥，晚上到夜市編造手機吊飾，像夏季暴漲的臺灣河流，卻沒有人關心河的去向，也沒有人投以溫柔的對待，只在意河能夠帶來多少效益？多少豐美的回報？「十八萬包處女！」「可睡、可生孩子、可工作——」她立在那些招牌下，從一開始的懵懂到世故到現實，屬於她的那條河是否依舊流淌？而她的另一半除了罵罵咧咧，是否更加明白她的心情與辛苦？

「我老公把那張照片丟掉了……」她一面哭著，一面又不甘心的把那張「看起來髒兮兮的」河的照片擺進房間裡，像堅持喚回對於故鄉的一絲絲記憶，喚回身為女人、身為孕婦的那份悸動——大大小小的河流蜿蜒過臺灣各地，大大小小的汙染也叢生著，卻極少極少引起誰的注意，一如她們的河，始終未嘗被另一半真正看見與體會。

她們的河，是我們迄今尚未理解的洶湧與伏流。

作者按：本文靈感來自二〇一三年八月十一日趨勢教育基金會主辦之「疆界內外：玩藝文學節」，「張耀仁與侯淑姿跨界座談」之部分內容。侯淑姿現為影像藝術家，同時也是高雄大學傳統工藝與創意設計學系專任助理教授，當日對談內容主要聚焦於外傭、外配等議題。

九歌文庫 1154

死亡練習

作者	張耀仁
責任編輯	陳逸華
創辦人	蔡文甫
發行人	蔡澤玉
出版發行	九歌出版社有限公司 臺北市105八德路3段12巷57弄40號 電話／02-25776564・傳真／02-25789205 郵政劃撥／0112295-1
九歌文學網	www.chiuko.com.tw
印刷	晨捷印製股份有限公司
法律顧問	龍躍天律師・蕭雄淋律師・董安丹律師
初版	2014（民國103）年4月
定價	280元

書號	F1154
ISBN	978-957-444-935-4

（缺頁、破損或裝訂錯誤，請寄回本公司更換）

本書榮獲國藝會創作補助

國家圖書館出版品預行編目資料

死亡練習 / 張耀仁著. – 初版. -- 臺北市：
九歌, 民103.04

面； 公分. -- (九歌文庫 ; 1154)

ISBN 978-957-444-935-4(平裝)

857.63 103003611